推她一把的是……

宮西真冬——著　林于楟——譯

彼女の背中を押したのは

Contents

彷彿遭人追趕般衝上樓梯。

我一直感覺受到什麼追趕，感覺無時無刻，無論身處何地都有人監視著自己的行動，絲毫沒有鬆懈的一刻。

自己真是個沒用的人。

到底是從何時開始，是從何時開始變成如此沒用的人了呢？

很幸運的，通往屋頂的門沒有上鎖。

打開門，冷空氣一口氣灌入，任由留長的頭髮被風吹亂。我也想著差不多該去剪頭髮了，但不用上班的日子，怎麼樣都沒辦法離開床舖。

一步、又一步，我在屋頂上前進。

冰冷空氣刺痛我的肌膚，但腦袋仍是一片混沌。黑夜中，車站前閃爍的霓虹燈光闖入我的視野。年底浮躁的氣氛說著「你不該在這裡」將我逼入絕境。

——夠了，已經到極限了。

好害怕今天結束，明日將至。我完全無法想像再回到那裡，勉強牽動自己僵硬的臉頰肌肉擠出笑容。

彷彿受到黑暗引誘，我一步又一步往前邁進。如果可以這樣就此消失，再也無須恐懼明日到來。

——結束這一切吧，已經夠了，結束吧。

如此一來，也能向這個不像樣的人生告別了。

一想到不必再帶給他人困擾，不必再讓別人感到不快，我滿腦子充斥著「這是我唯一能辦到的事」的想法。

攀上鐵絲網越過另一邊，我雙腳無力癱軟在地，趴跪在地面往下看，這個高度讓我暈眩，手腳不禁加重力道。

——踏出一步！只要有這股勇氣，就能結束這一切。

雙手用力撐著地面，邊支撐著發抖的雙腳邊站起身。

○第一章○

拒聽的商量事是……

接到妹妹梓沙跳樓的消息時，志田梢子正在廚房裡煮馬鈴薯燉肉。當她看著計時器發呆時母親正好來電，梢子有股不好的預感，隨即接起電話。母親大多都在上午來電，從不曾在傍晚這忙碌的時段打電話，而這也是母親的貼心。

「跳樓？為什麼？」

梢子脫口而出後，腦袋一隅浮出些許在意的想法。

——該不會是我的錯吧？

「媽媽一直很擔心會發生這種事情！自從妳說妳要嫁去東京之後，我就一直擔心會不會發生這種事情！妳為什麼要跑去東京那麼遠的地方啦！」

罪惡感刺痛心口，一瞬間不知該如何回話。

「……那梓沙現在怎麼樣？沒事吧？」

當梢子如此確認時，母親開始嗚咽。對話完全沒有進度，令人焦慮。在梢子喊了好幾聲「媽媽」之後，突然聽見父親說「換我聽吧」的聲音。

「爸爸？梓沙狀況怎麼樣？」

「還沒有恢復意識，醫生說是重傷。妳現在有辦法馬上回來一趟嗎？」

面對這個超乎想像的嚴重情況，梢子只能回答「我知道了」，接著開始思考該如何做準備。

「我現在去準備，晚點再聯絡。可以傳訊息告訴我是哪家醫院嗎？」

梢子只能勉強說出這句話。父親說了「好，妳回家路上小心點」後掛斷電話。

梢子對自己說「冷靜點」，接著摀住自己的臉。聽到「叩咚叩咚」的聲音才回過神來，發現鍋中食物正沸騰往外溢流，急忙關掉爐火。

總之得先聯絡丈夫才行，她開始尋找自己的手機。明明前不久還握在手中的，現在卻找不到，接著發現手機放在圍裙口袋裡，連忙聯絡丈夫。

「喂，直樹？對不起，工作中打電話給你，你現在可以說話嗎？」

「可以，怎麼了嗎？」

直樹的聲音有點疲憊，但身邊可能沒有其他人，語調清楚地回問。

「我妹從大樓屋頂……跌下來了，我想要馬上回家一趟，可以嗎？」

之所以沒說「跳下來」，或許是想要保護吧。保護什麼？妹妹的名譽？不對，是保護自己。始終有根小刺梗在心頭，妹妹跳樓該不會是自己的錯吧？

「從大樓屋頂跌下來，沒事吧？」

「不清楚，說還沒有恢復意識。」

「這樣啊，知道什麼詳情之後再聯絡我。」

「謝謝……直樹呢？你今天還好嗎？」

梢子忍不住問道，他回答：

「嗯，和平常差不多。」

掛斷電話後，梢子走到寢室從衣櫥中拿出行李箱。總之先收了三天份的換洗衣物，關好門窗後離家。從離家最近的車站到東京車站要三十分鐘，拿手機一查，還可以趕上最後一班新幹線的希望號列車。

——梓沙跳樓該不會是我的錯吧？

身體竄過一陣寒意，為了甩開寒意，她朝車站奔跑。

衝入剛到站的電車車廂，拿出手機，打開妹妹今天早上傳來的訊息。

〈早安，好久不見，最近好嗎？

我有點事情想找妳商量，可以打電話嗎？〉

那是她早上八點多傳來的訊息。

當時直樹還沒出門，而且今天有事要外出，所以梢子冷淡地回了：

〈不好意思，我今天有點忙。〉

——會那樣回應也是不得已的啊。

雖然這樣說服自己，但另一個自己自以為聰明地問：「真的嗎？」

——真的是因為有事嗎？

——真的只是因為這點理由，就拒絕了妹妹有事商量的請求嗎？

答案是「不」。

看見妹妹名字的瞬間，梢子反射性出現「我不想再和她有任何瓜葛」的想法。婚後半年，妹妹從未和梢子聯絡，這段時間她過著和平又安穩的時光。離開老家、離開雙親及妹妹，梢子第一次感到自由。她不想失去這份安穩，所以才會拒絕妹妹。

但是，當現在面對妹妹的危機時，平常完全不會回想起的快樂記憶突然探出頭來——趁母親不在家時，偷偷從冰箱裡翻出來魚肉香腸，兩個人一起偷吃。

為什麼現在會想起這種微不足道的事情呢？但回憶的抽屜一旦拉開，就沒辦法再關上，化作鮮明的影像出現在眼前。

其實梢子並沒有那麼想吃，只是有一次梓沙喊著肚子餓時，可以馬上拿來吃的東西只有那個而已。

在那之後，梓沙三不五時就纏著梢子說「想吃那個」，但妹妹年紀還小沒辦法自己拆開包裝。梢子嘴上說著「真拿妳沒辦法」，內心充滿幹勁地打開冰箱，兩人一起共享了被發現時可能會被罵的刺激感。放入口中的瞬間，看著真的吃得津津有味的妹妹時，梢子也同樣露出笑容，感受小小的牽絆。

——要是知道會變成這樣，打通電話給她就好了。

如果打電話給梓沙，聽她說她想商量什麼，她或許就不會跳樓了。

強烈的後悔讓梢子的胃陣陣抽痛，全身起雞皮疙瘩打冷顫。

起碼得盡快到醫院去，對於沒聽她商量事情向妹妹道歉。心情急躁，感覺電車怎麼速度這麼慢。

新幹線在午夜十二點前抵達，一下月台冷得梢子直發抖，急急忙忙穿上大衣。在車站前搭上計程車並抵達醫院時已經無比疲憊，但她還是急忙去找雙親。父親傳訊息告訴她，他們已經移動到加護病房旁邊的家屬休息室裡了。

「梢子！」

在護理師帶領下一打開休息室的門，單獨坐在沙發上的母親一看見梢子立刻起身，大喊她的名字，尖銳的聲音在寧靜的醫院中響起。

「梓沙的狀況怎麼樣？恢復意識了嗎？」

梢子壓低音量一問，母親用力搖頭，「還沒，醫生說大腦沒有異狀，但她完全沒有恢復意識……這裡的醫生真的是好醫生嗎？要不要到其他醫院去比較好。」

「媽。」

梢子忍不住打斷母親，但或許已經被領她到這邊來的護理師聽見了。為什麼母親老是這樣，想到什麼就說什麼。

母親發現梢子帶著責備的語氣，小聲說了：

「為什麼？妳為什麼可以這麼冷靜？難道妳不擔心梓沙嗎？」

「別這樣說，我當然很擔心她啊。」

梢子重重嘆了一口氣。

這是她結婚後第一次和母親見面。

母親會定期打電話給她，她們也還算處得不錯，但最主要似乎是因為沒有實際見面，如今見到面才不過五分鐘已經變成這樣了。

「如果妳真的擔心，那為什麼要拋下我們跑去結婚啊？」

差點脫口而出「我難道沒有選擇怎麼活的權利嗎？」但梢子努力安撫自己不要被母親挑釁。

「怎麼啦，怎麼這麼大聲？」

父親走進休息室，沒特別針對梢子或母親如此問道。

「我才剛聽到梓沙的意識尚未恢復……那個，梓沙為什麼會跳樓？」

梢子一問，父親皺起眉頭對梢子說：

「還沒有確定她是跳樓。」

「是這樣嗎？因為媽電話中……」

梢子看了看母親的臉。

「如果不是跳樓，那她幹嘛跑到大樓屋頂去啊！這樣根本沒有道理啊！自從妳結婚之後，那孩子的樣子一直很不對勁。」

母親突然大吼大叫。

父親不理會母親說什麼，

「今天是她店裡尾牙，她傍晚去車站前的居酒屋，然後我們就接到聯絡電話說她從那棟大樓的屋頂上掉下來。」

「有人看到嗎？」

梢子一問，父親搖搖頭。

「下面路過的人發現時，她已經墜地了。聽警方說，她身上有落地前撞到鐵絲網的痕跡，也幸好有這個緩衝。」

「……這樣啊。」

梢子忍不住想像那個畫面，接著全身發抖。

母親低聲喊了「梢子」，接著問：

「妳有沒有聽梓沙提過什麼？」

梢子的身體震了一下。母親知道嗎？知道梢子拒絕了妹妹有事商量的請求。

「……什麼是指什麼？」

「像最近有什麼煩惱之類的，妳還在這邊的時候，不是每天都會聽她商量事情嗎？」

梢子鬆了一口氣，看來母親並非知道些什麼。如果母親知道梢子拒絕了妹妹的商量，肯定會毫不留情地把責任全推到她身上，光想到這就讓梢子呼吸困難。

梢子輕輕解開大衣的第一個鈕扣，小心吸一口氣。

「……我們結婚之後完全沒有聯絡。」

「妳為什麼不主動聯絡她？妳們是只有彼此的姊妹耶。」

呼吸困難讓梢子無法說話。

「別這樣，又還不確定她是不是自殺，很可能是意外啊。」

父親插嘴後，母親狠狠瞪了父親一眼。

「你別這樣逃避現實，你心裡也肯定這樣想吧？聽到梓沙從大樓屋頂上跌下來時，你肯定想著『啊啊，又來了啊』對吧。」

沉默降臨。

沒錯。從母親口中聽見妹妹跳樓時，梢子毫無抵抗地接受了這個事實。為什麼？因為梓沙十九歲時曾經自殺未遂。每個人都想著，梓沙總有一天又會重蹈覆轍。但即使如此，梢子仍拒絕了梓沙有事商量的要求。

「……總之，我們只能祈禱梓沙早點恢復意識，我們現在什麼也做不了。」

父親這句話換來母親一句「你真的很冷漠」。

「我要留在醫院裡，你和梢子回家吧。根本不是真心擔心的人待在這裡，梓沙也不可能恢復意識。」

「但是……」

梢子試圖想說服母親。

「別多說了！」

母親背對梢子和父親，在沙發上坐下。

「……我知道了，那我明天早上再來和妳換班。如果有事，不管幾點都沒關係，打電話給我。」

母親沒有回應。父親也只說了一句「那我明天再來」就走出休息室，梢子也跟在父親後面。

走出醫院，感覺外頭又變得更冷了。坐上父親的車子一陣子後，身體都還暖不起來。

車子開動後一段時間，先開口的人是父親。

「東京怎麼樣，稍微習慣了嗎？」

梢子回答「習慣了」。和父親的對話與和母親的不同，不需要繃緊神經。

「這樣啊，直樹也還好嗎？」

「……嗯，很好，你不用擔心。比起我，爸你明天要上班吧？可以請假嗎？」

「今天是年底最後一天上班日了……都不知道該說時機正湊巧還是太不湊巧了。」

「……這樣啊。」

梢子完全忘記現在是年底了。

父親說了「就是這樣啊」後不發一語。雖然和父親之間無須小心翼翼的，但也不代表兩人能熱絡對話。

仔細想想，似乎很久沒有和父親好好對話了。母親會定期打電話給梢子，但這半年來，父親從未主動打過一次電話，頂多只有偶爾搭配真的很短的文章，傳張照片給梢子而已。舉例來說，散步中發現的野貓，路旁掉落的栗子毬果……這樣的距離感正剛好。

梢子看著窗外流逝的景色，這裡和東京相比，建築物密度壓倒性的低。

明明感到懷念，卻又有哪裡感到陌生。才只離開半年竟然會出現這種感受，自己也嚇了一大跳。明明結婚前她從未離開過這塊土地啊。

沒想到自己竟會離開出生之地到東京，幾年前都還完全無法想像。而且話說回來，梢子對東京沒有什麼好印象，那是屬於母親和梓沙的城市，不屬於梢子。

如此一想，這太過愚蠢的想法讓梢子失笑。現在還對以前的事情懷恨在心，這也太過消極了吧。

我已經改變了，已經和以前的自己不同了。

那就更應該聽聽梓沙想商量什麼事情的吧？心中的另外一個自己如此責備。

——難道不是因為害怕嗎？

害怕什麼？

——害怕變回以前的自己。

梢子閉上眼睛，輕輕吐了一口氣。為了轉移焦點，刻意思考其他事情。

梓沙到底想要「商量」什麼？

感到小小的不對勁，她努力思考到底是哪一點讓自己感到不自在？至今從妹妹口中聽過無數的煩惱，而她每次都會鼓勵妹妹。但話說回來，其實妹妹從來不曾主動對梢子開口訴說自己的煩惱。

大抵都是母親哭著對梢子說「梓沙的樣子很奇怪」，拜託梢子去看看狀況，梢子就會去梓沙的房間問她「發生什麼事情了嗎？」、「最近怎麼樣啊？」說不覺得麻煩肯定是謊言，但果然還是無法坐視不管。但是，長大成人之後，妹妹曾主動到梢子房間說「請妳聽我說說話」嗎？

梓沙自從十多歲那時再也無法相信世界起，她說出口的話總是在死胡同裡繞來繞去，不是想要解決問題的積極態度。

——我已經不行了。

——反正我不正常。

——我和姊姊不一樣。

不管說什麼，梓沙都無法理解梢子的心情，這讓梢子筋疲力盡地離開了那個家。

感覺不對勁的原因就在這裡，現在的梓沙和梢子半年前知道的那個妹妹似乎有哪裡不同。特地主動和姊姊聯絡，這對妹妹來說是相當反常的行為。梓沙總是用態度展現自己軟弱的一面，卻絕對不願意主動開口。

梓沙被什麼事情逼入絕境，甚至讓她願意主動傳訊息？

——到底是什麼事？

「爸。」

梢子一開口，父親注視著前方問：「幹嘛？」

「梓沙的手機現在在哪？」

車子在紅燈前停下，父親轉頭看向梢子。

「手機在梓沙的口袋裡，但壞掉了無法開機，為了慎重起見已經交給警方了。」

「……在警察那？」

「是意外還是自殺……或者是案件，現在什麼也不知道啊。警方也問了我很多問題……那時也說了梓沙曾經自殺未遂的事情。」

燈號轉綠，父親踩下油門。

「手機怎麼了嗎？」

「我想說或許能知道些什麼……例如，她有什麼煩惱之類的。」

梢子忍不住想對父親全盤托出「梓沙會變成這樣或許是我的錯」，但她說不出口。父親大概不會責備梢子，但現在對父親說了又能怎麼樣？梢子覺得讓父親分擔這個痛苦，讓自己可以輕鬆點是很卑劣的行為。

「她很認真去工作……和妳媽之間關係沒什麼變化，即使如此，梓沙看起來比妳媽更穩定，情緒不安穩的反而是妳媽。」

「……這樣啊。」

就算繼續問父親，也無法知道梓沙想要「商量」什麼。梢子不認為梓沙會對父母說。

——妹妹只來依靠我啊。

突然感覺難以呼吸，梢子稍微打開窗，父親問著：「太熱嗎？」調低暖氣溫度。

「……有一點。」

吸了一口從縫隙流入車內的冷空氣，上一秒還昏昏沉沉的腦袋瞬間清醒過來，梢子挺直背脊。

或許有人會覺得事到如今為時已晚，但梢子想要知道，想知道妹妹有什麼煩惱，想知道自己能做些什麼。

——難道不是只想確認自己無能為力而因此安心嗎？

或許是這樣。

——妳真的很偽善。

即使如此，也比什麼都不做來得好。

邊和自己煩人的思緒對話，梢子邊閉上眼。

睽違半年的老家，感覺染上塵埃有點褪色。還住在這裡時沒有發覺，但住在這個家裡的人，或許沒有人擅長「生活」吧。

父親是個工作狂，對家事完全不擅長，至少是個就算房子髒亂也不是太在意的人。而梓沙連「活下去」的力氣也沒有，這樣的人也不可能採取整頓生活空間的行動。

至於母親。

她偶爾會在朋友的邀約下，當作娛樂去短期打工，但基本上都待在家裡。即使如此，在梢子的記憶中，家中從未有整潔乾淨的時期。

梢子二十八歲時和直樹結婚後最驚訝的事情，就是家裡所有東西總是待在各自該收納的位置上。除此之外，也是頭一次知道有人每天都打掃，而不是在灰塵令人在意時才打掃。大概是直樹獨居很久了，或者是他本身的個性如此，就算只有五分鐘，他也會動作自然地拿出吸塵器吸地。梢子有好多事情是都這把年紀了才第一次學會。

——至今以為正常的事情，或許一點也不正常。

這個不對勁甚至讓梢子感到有些恐懼。深信的東西在眼前碎裂崩落，一股不安朝她襲擊而來。

母親一看到電視或雜誌上介紹的主婦，就會表情扭曲、口出惡言「這都是假的」、「肯定是裝模作樣而已」。梢子不曾懷疑，還會配合母親說「就是做好看的嘛」。

當時沒有特別想法，但現在會覺得，那或許是母親的嫉妒。明明是家庭主婦，自己卻不擅長做家事。明明沒有人要求她做到完美，她卻會搶先替自己設下「我才正常，是對方太奇怪了」的防線。這是梢子也有印象的行為。

「妳要不要洗澡？我打算明天早上沖個澡就好。」

父親從冰箱中拿出瓶裝茶，倒進一旁的馬克杯中一口飲盡。梢子還以為父親會拿啤酒喝，但之後發現父親是為了隨時可能接到母親來電而克制。

「那我也早上再洗。」

梢子說完後，父親說了聲「晚安」就離開起居室。

起居室只剩自己，雖然有衝動想在沙發上坐下，但感覺只要坐下就站不起來，於是梢子抱著行李箱跑上二樓。

梢子走進自己原本的三坪房間，打開燈。

呆呆看著空氣中的塵埃在燈光下閃閃發亮。

雖然床架還留著，但大多數的東西都在她結婚時丟掉了，房內幾乎沒什麼私人物品。房間現在幾乎變成儲藏室，門口旁邊擺著套上垃圾袋的電風扇。

梢子跪坐在床上打開窗。

等待冰冷空氣沖淡房內滯留的空氣時，梢子穿著大衣靠在床邊坐下，拿出手機先打電話給丈夫。

已經超過一點半，直樹或許已經睡了，但才響兩聲他就接起電話。

「對不起，吵醒你了嗎？」

梢子道歉後，直樹立刻說了「沒有」。

「我醒著。」

直樹聽起來不像說謊的樣子反而令人擔心，是因為工作太晚回家了嗎？或者是早就回家卻無法入眠呢？其實從明天就要開始放新年假期，但聽直樹說工作做不完，所以明天也得去公司上班。

「梓沙狀況怎麼樣？」

「醫生說大腦沒有異常，但還沒有恢復意識……可能會造成你的困擾，但我想在這邊多待一陣子，可以嗎？我媽情緒很不穩定，所以……」

直樹說了「當然沒問題」。

「……謝謝你，明天早上要打電話叫你起床嗎？」

「不用，沒關係，妳別擔心我這邊。」

梢子說了晚安後掛斷電話。

房內和室外同樣寒冷，梢子急忙關上窗戶。拿起遙控器，一瞬間猶豫要不要開暖氣，但很容易就可以猜出來濾網肯定沒有清洗，梢子決定不開暖氣。忍受著寒冷換上帶來的睡衣，鑽進被窩中，但寢具有股霉味，稍微熏痛她的眼。

邊輕微咳嗽，邊滑動手機看通訊錄。

——有誰會知道梓沙身上發生了什麼事情呢？

看著通訊錄上的名字，胃開始抽痛。沒想到自己又得再和她們聯絡。

梢子在結婚辭職之前是個書店員工，大學一畢業就進入這家公司工作了六年。當她向總公司報告自己要結婚時，得到了理所當然「那就是要辭職對吧，得要守護家庭才行嘛」的回應。

梢子工作的書店在東京沒有分店，梢子自己也打算要辭職，所以沒有實際傷害。她也知道到目前為止，同公司的女性員工沒有一個人在結婚之後仍繼續工作。

即使如此她還是大受打擊，腦海中一瞬間閃過「反正都要辭職了，最後起碼要為了同事對跟不上時代的經營群說些什麼」的想法。

但這些話梢子說不出口，因為她在報告自己要結婚的同時，也想要拜託公司雇用妹妹當工讀生。

當時的梓沙沒有工作，成天窩在家裡。母親想著若是和姊姊在同一個職場，或許梓沙也勉強有辦法工作，所以要梢子去拜託公司。

梢子也認為梓沙只能跟在自己身邊工作，雖然時間不長，但如果和姊姊一起工作，不好開口問其他人的事情也能毫不猶豫地開口問姊姊，梢子也能把她介紹給大家，幫她快點融入職場。

所以梢子只能嚥下真心話，一如往常地陪笑含糊帶過。

雖然想著「這也是不得已」，但當時什麼也沒說讓梢子感覺像背叛了一起工作的同伴，讓她覺得很尷尬，也因此不好主動聯絡大家。這半年以來，除了一個人之外，她和其他同事都疏遠了。

停下滑動手機畫面的手。

——關美里。

六年前，美里正好和梢子同時期進入公司到書店兼職，美里大梢子四歲，因為和遠距離戀愛的男友結婚而辭掉之前的工作，開始到書店兼職。後來因為生孩子一度辭職，但在小孩滿兩歲時剛好有兼職空缺，她又回到店裡工作。

美里總是滿臉笑容相當柔和，在女性比例極高的職場中，是潤滑劑般的存在。只要人多，糾紛與摩擦就會等比例增加，但美里巧妙地遊走在不知不覺出現的各個小團體中，順利地工作著。

——如果是她，梓沙或許會跟她說些什麼。

書店裡每個類別都有負責的店員，美里負責童書。

因為他們是位於購物中心裡的分店，有非常多全家大小一起光臨的顧客，所以童書區常被想要自己去購物的父母當作托兒所，把小孩子丟在這邊，拋下一句「在這邊等著」之後就離開。童書區相當吵鬧，但美里既不會完全不管響徹賣場的孩童哭聲，也不會過度在意，只是平淡地做自己的工作，注意周遭狀況。

梢子辭職後，美里曾和她聯絡過幾次。

沒什麼重要內容，就是說說彼此的近況，最後都會用一句「如果妳有回老家，就來店裡走走吧」作結，沒有特別深入，就只是普通的對話。

美里總是相當忙碌，但仍然相當開朗。

如果是她，也能想像梓沙或許會和她親近，找她商量事情。

梢子寫上訊息，重寫了好幾次之後才按下傳送。

〈這麼晚打擾妳真的很不好意思，如果吵醒妳了先讓我說聲對不起。

我現在回到老家，暫時會在這邊待一段時間，等妳下班之後也沒有關係，可以抽空見個面嗎？

我有點事情想要問妳。〉

把手機接上充電器，在被窩中縮成一團。把身體縮小，感覺痛苦也跟著變小了一點。

梢子很不擅長睡覺，身體明明已經累癱了，大腦卻不停轉動，好多事情浮上腦海，像有好幾個影像交疊。

梢子也不擅長喝酒，所以也無法喝睡前酒，這種時候嘗試的方法，就是妄想喜歡的小說的後續。小說女主角們大抵都會遇到什麼困難，但此時肯定會有男主角現身伸出援手。

——但今天無法隨心所欲妄想。

腦袋浮現的，是梓沙身上插滿管子，躺在蒼白病房中沉睡的模樣。這並非梢子今天看見的樣子，但也並非完全想像，而是過去記憶中的梓沙。

梢子緊緊閉上眼，試圖擺脫這個畫面，但心電圖監測器的聲音感覺還留在耳邊，那維持一定節奏的聲音，間隔逐漸加大，最後響起宣告心跳停止的警示聲。梢子抱頭告訴自己這不是過去的記憶，只是自己的想像，但畫面沒有停止。

不知何時站在身後的母親，看見這一幕大聲叫喊。

——全都是因為妳跑去結婚！

就在此時，手機震動。

梢子抬起沉重手臂拿起枕邊的手機，美里回信了。

〈晚安！我不小心在沙發上睡著了，謝謝妳叫醒我！原來妳回來這邊了啊，機會難得，我也想和妳見面。

雖然明天早上還要跟先生確認一下，但如果我先生可以替我去接有紀放學的話，下班後應該可以見個面，明天再跟妳聯絡喔。〉

梢子回了「謝謝妳，明天見」之後，小聲嘆氣。

美里的訊息完全沒提到梓沙的事情，梢子還以為她今天也有去參加辦在居酒屋的尾牙，而且知道發生了什麼騷動。

但回想起來，美里自從復職後，從不曾參加過書店的聚會。她的丈夫是自由接案的設計師，時間比起上班族更自由，但雖然這樣說，她還是對把年幼孩子丟給丈夫照顧、自己跑去喝酒感到忌諱吧。

即使如此，美里的訊息仍充滿溫柔，完全不會讓人有這種感覺。

梢子打從心底尊敬走在社會認知的「普通」道路上的美里，她非常耀眼。

✚

美里隔天早上傳來訊息，說丈夫會去帶小孩，所以今天下班後在車站前的家庭餐廳裡見個面吧。

不知道是因為知道梢子不喝酒，或者是她自己生完小孩後就不喝酒，但她選擇可以輕鬆踏入的店家令梢子相當感激。梢子現在是家庭主婦，有點難以踏入價格偏高的店家。

打理好服裝儀容後，和父親一起去醫院。途中繞去超商買了包括母親的份在內的早餐，梢子在車上吃麵包。

「休息室可以吃東西嗎？」

梢子似問非問地喃喃自語。

「應該可以吧，如果不行就在車上吃。我覺得讓妳媽回家一趟比較好，回家之後再吃也可以。」

「好，那我就陪梓沙到傍晚。我有點事情想確認，傍晚要和書店的同事見個面，你可以那時來和我換班嗎？」

父親說了「了解」後沉默，沒繼續問更多詳情。

父親肯定發現梢子是想要調查梓沙發生了什麼事，但他沒有詳加追問，是因為他是男人，或者是個性使然呢？

如果要問梢子像雙親中的哪個人，她感覺自己壓倒性地像父親。與口無遮攔直述情緒或心中所想的母親相比，梢子大多會把想說的話吞下肚。不過，這不代表她是不在意小事情的人。

她反而很常在意小事，常常衝動地非常想開口問、加以確認，但無法說出口。

走進休息室，母親和昨天一樣彎曲背部前傾坐在沙發上。梢子一喊她，她憔悴地抬起頭小聲喊了「梢子」。

母親的情緒起伏劇烈，她現在已經沒有昨天那樣激動，在母親軟弱的現在，梢子確定她即使不聽父親的意見，也會對梢子的提議點頭。

「……媽，妳應該很累了。妳先回家一趟睡一下，爸會載妳回家。」

母親的眼睛一瞬間發亮，但立刻吞下真心話搖搖頭。

「……不行，梓沙還沒恢復意識，我不能回家。」

梢子不願服輸，仍溫和地繼續說：

「不行，要是連妳也倒下就本末倒置了。拜託，妳就回家睡一下。我也買早餐了，要好好吃掉，好不好？」

短暫沉默後，母親輕輕點頭。

「那梓沙就拜託妳了……姊姊。」

梢子走出休息室目送兩人離去，走在父親後方幾步遠的母親背影，消失在轉角後方後，梢子輕聲嘆氣。走回休息室在沙發上坐下，從塑膠袋中拿出瓶裝紅茶，潤澤有些乾燥的喉嚨。

探病時間規定為十二點到下午兩點，以及下午四點到晚上八點，再兩個半小時後就能見到梓沙。

重新在沙發上坐好，視線落在腳尖上。

走到這邊看到的所有景象都令梢子害怕，不管是在連續劇或電影中看過的精密儀器，還是在加護病房裡工作的醫生及護理師，以及持續沉睡的妹妹，所有一切都令她害怕。

突然想到得關閉手機電源才行，從包包裡拿出手機。關掉電源，看見螢幕轉黑的瞬間，感覺耳邊響起嘈雜的心電圖監視器的警示聲。手心冒汗。

年僅十九歲，將來還大有可為的梓沙自殺未遂當時的事情，恍如昨日記憶般在腦海中復甦。

那時妹妹大量服藥被送到醫院，第一個發現她的不是別人，就是梢子。

梢子還記得那天下班一回到家，才剛踏入家門，母親立刻跑過來。

——我叫梓沙出來吃晚餐，但她完全不出來，姊姊拜託妳，去看看她的狀況。

晚餐時間已經過很久了，所以這天應該是梢子晚班，或是全天班的日子吧。

——沒有回答嗎？

——完全沒有，我要是開她房門，她就會很生氣，所以，姊姊拜託妳了。

梢子說著「我知道了」，心中想著「就是因為妳太煩了，所以梓沙也是在和妳對抗而已吧」，邊感受站了一整天水腫的腳有多沉重，步上樓梯。

——梓沙？妳醒著嗎？我剛回來，要不要一起吃晚餐？

敲了梓沙房門後側耳傾聽，這扇門原本就沒裝鎖，輕而易舉便能打開。但要是這樣做，就會讓妹妹嚴正地關起心房，只能有耐心慢慢來。

要是一如往常，只要梢子喊個兩、三聲，梓沙就會回應。得到妹妹應允後進她房間，聽她說話、安慰她，然後一起到起居室去。因為母親不願意理解梓沙，所以梢子早已決定不管梓沙想說什麼，梢子都會先聽她說。如果不這樣做，梓沙就會無處可去。

但那天，不管梢子喊多少次，都沒聽見梓沙回應。

老實說，她剛下班真的很累。對了，記得那天還是連上七天班的最後一天。梢子想要快點吃完飯，洗澡上床睡覺，她根本沒有餘力照顧完全不想向前邁進的妹妹。

——梓沙？我要進去了喔？

招呼聲中帶著不耐煩，梢子咳了一聲掩飾過去。

稍微打開門縫，梢子已經盡量不發出聲響轉動門把了，但還是發出「嘰」的鈍聲。從門縫中窺探房內，只見梓沙在地毯上縮成一團的背影。為什麼會睡在這種地方啊？梢子感到些許訝異。要睡為什麼不在床上睡？梢子又把門拉得更開，發現房裡相當寒冷。當然，那天外頭的天氣也非常寒冷。

梢子想著也沒開暖氣，該不會是感冒了吧？踏進房裡。

——梓沙，妳會感冒喔。

梢子湊上前探看妹妹的臉，接著發現她身體旁有好幾個掌心大小的盒子。忽然，安眠藥和感冒藥的文字閃進視野。

應該裝有藥錠的藥罐全空了，在燈光照射下閃閃發光，梢子瞬間領悟妹妹做了什麼。無法積極活著的她，就算想要自己結束生命也毫不奇怪。但是梢子一直覺得「妹妹不會這樣做」，不是相信，而是看輕妹妹「她不可能做得出來」，不管再怎麼說，妹妹都不可能有這種「勇氣」。

梢子驚聲尖叫大喊母親，蹲在妹妹身邊不停呼喊她的名字。原本就白皙的臉龐變得更加蒼白，梢子反射性摸她的手腕確認脈搏。梓沙，為什麼？這句話脫口而出前，想起今天早上見到妹妹時的對話。

在梢子要出門上班前起床的梓沙，對梢子小聲說「今天也睡不著」，回想起自己看著妹妹紅腫的眼瞼說出口的話，感到非常後悔。

——如果想睡了，白天睡就好，沒事的。

梢子努力讓自己開朗、樂觀地如此說。但那句話中確實帶刺，或許是這根小刺，推動妹妹走向錯誤的方向。

聽到梢子的尖叫跑來的母親嚇傻地跌坐在房間門口無法動彈，梢子用抖得不成樣的手拿出手機叫救護車。她的記憶斷在這邊，根本不記得是何時聯絡父親，和救護人員之間說了些什麼。

她只記得「人類或許很容易就會死掉」這壓倒性的不安。

身體不住發抖，梢子雙手環胸試圖抑制發抖。闖入視野中的手錶上，指針已經過了十二點。

探病時間到了。

梢子非常害怕看見妹妹。

梓沙躺在一字排開的其中一張病床上。

妹妹看起來和六年前沒有任何不同，身材纖細得像只要稍微一碰就會停止呼吸。因為肌膚白皙，明顯可見她的眼頭泛紅，她睡眠不足時總是這樣，黑眼圈大得像塗上眼影。纏繞繃帶的雙手和雙腳看起來很疼，即使如此仍修長得讓人覺得美。

有多久沒這樣好好正面看著妹妹了呢？

明明一直住在同一個家裡，和她說話，但梢子感覺自己總是盡量不去看妹妹，因為只要被那雙帶著憂鬱的淡褐色大眼盯著瞧，梢子就會感到無比緊張。現在可以這樣注視著她，是因為她眼睛閉著。

但看到妹妹戴著氧氣罩，連呼吸也被機器管理，怎麼樣也能理解她正在生死關頭徘徊。心電圖監視器的聲音更加煽動梢子的不安。

此時，感覺妹妹長長的睫毛稍微擺動。

梢子反射性喊了：「梓沙！」

「怎麼了嗎？」

就在附近的護理師開口問，梢子搖搖頭。

「沒事……我以為她恢復意識了，不好意思。」

重新面對妹妹，梢子輕輕點頭告訴自己。

——妹妹還活著，所以要好好面對她啊。

心電圖監視器的聲音也是梓沙拚命想要活下去的聲音，現在還不知道妹妹到底是不是想結束人生，但她的身體還這樣想要活下去，事實僅此而已。

✚

下午四點過後來到醫院的只有父親。

問母親怎麼了，父親邊說著「她說她身體不舒服要待在家裡」邊在沙發上坐下。父親平常鮮少生氣，只有此時顯露出些微不悅。

「讓她自己一個人沒問題嗎？有去醫院嗎？」

梢子問道。

「別理她，她只是在逃避而已。」

梢子沒問「逃避什麼？」因為她立刻明白了，母親是在逃避「現實」，她決定要逃避可能會發生的「最糟狀況」，當作沒看見。

梢子和父親決定好明天早上要換班後離開醫院。

搭上前往車站的公車，抵達和美里約好的家庭餐廳時還不到五點。離約好的時間還有三十分鐘，但她先進去店家點了飲料休息一下。

梢子很久沒和女性朋友見面了，她有點緊張。她回憶著自己和美里是怎麼樣對話的。

——聲調高低呢？

——音量大小呢？

——對話中會交雜敬語到什麼程度呢？

世界上有用一貫舉止面對所有人的人，但大多數的人不管有意識或是無意識，多少都會配合對象改變自己。那肯定是所謂的大人，而非「虛偽」。

但梢子對這樣的自己感到很不自在。

在紅茶見底時，美里衝進店裡。

美里原本就苗條的身材，感覺這半年內又瘦了更多，她一看見梢子，就滿臉笑容說：

「讓妳久等了！」

「上班辛苦了，妳那麼忙還突然找妳，真的很對不起。」

美里脫下羽絨外套，邊在梢子對面坐下邊說話。

「不會啦，如果要等到不忙，那我們一輩子都見不了面了。謝謝妳約我。」

她這句話中透露出邊帶小孩邊工作有多辛苦。
「而且辛苦的人應該是妳吧？我今天去上班時聽說梓沙的事情了，還好嗎？」
不知道她是在擔心梓沙的狀況，還是在擔心梢子。
「聽說大腦沒有異狀，但還沒有恢復意識，所以我打算暫時留在這邊。」
梢子一說完，她點點頭。
「嗯嗯，這樣最好。妳餓了吧？總之先點餐吧，這種時候就得吃些什麼才行。」
美里翻開菜單朝梢子遞出。
梢子道謝後接下。

梢子點了漢堡排套餐，美里說著「我胃有點不舒服」，點了海鮮粥。
「那妳是想問我關於梓沙的事情嗎？」
梢子原本想，等吃完飯再談這件事情比較好，所以當美里突然說出口時，她一瞬間不知該如何反應才好。但仔細想想才發現，美里就算沒有特別的事情也相當忙碌，根本沒時間讓梢子躊躇。
「嗯，就是這樣……然後啊，我希望妳別說出去。」
當梢子發現時，她已經開口提醒美里了，但她無法不說出這句話。
「昨天早上我有收到梓沙的訊息，她說有事想和我商量，但我在聽她說之前就發生了那件事，所以我很在意。」

她輕輕點頭，直直注視著梢子。

「我這陣子完全沒和她聯絡，所以真的毫無頭緒。可以請妳告訴我她最近在店裡的狀況嗎？不管多小的事情都沒關係，和她說話時有沒有哪裡不對勁之類的，或是有聽到謠言……妳知道些什麼嗎？」

「嗯……」美里歪歪頭。

「我們有時候會一起站收銀，她長得那麼可愛，顧客裡也有不少她的粉絲，常常看到有客人找她說話。她看起來不像有二十五歲啊，真的就是楚楚可憐美少女的感覺，光是站收銀就自成一幅畫。」

「就是說啊。」梢子點頭微笑，但她沒自信有好好笑出來。明明早已習慣外人誇獎妹妹，但不管幾次都無法做好。

「她好像也學會禮品包裝了……但我頂多知道這些吧。」

美里說完後，有點不好意思地笑了。

「哎呀，妳也知道，我現在的工作時間比較短，所以每天都忙得不可開交，真的沒有時間可以閒聊。妳特地來找我真的很不好意思，但我也不知道更多了。」

「這樣啊。」梢子輕輕點了幾次頭。

「……對不起喔，問了妳奇怪的問題。」

美里說著「對不起，幫不上忙」時，端著海鮮粥的店員出現在她身後。時間太湊巧了，如此一來梢子就不需要多說不必要的事情了。

「不吃會冷掉，妳趕快吃。」

梢子一催促，美里說著「那我先開動了」後雙手合十。

梢子端起杯子想喝紅茶，這才想起已經喝光，便說著「我去倒飲料」後起身離席。

好幾個小孩在飲料吧前興奮地選飲料，梢子站在不遠處看著這一幕，回想起美里剛剛說的話。

——真的沒有時間可以閒聊。

這句話刺進心中，拔也拔不掉。

美里一年前復職後到梢子辭職為止，曾找梢子商量過好幾次事情。不對，與其說是商量，倒不如說只是聽她說話才正確。而且還不是公事，而是私生活的事情。

——我女兒可能是發展遲緩。

——丈夫完全不願意幫忙做家事，超痛苦。

——公婆很愛插嘴。

梢子也理解，她對未婚的自己說這種話並非期待得到答案，只是希望有人聽她說話。

在檢查補充的商品或是休息時，突然兩人獨處時，美里就會用「那個啊，可以聽我說說話嗎？」開頭後開始說話。就連在抱怨，她也滿臉笑容，這更讓人替她擔心。

梢子很少見到美里和其他店員聊私生活，想到她是如此依賴自己就感覺有點開心。

所以就算是在上班，即使工作因此有所延誤，梢子仍會用心聽她說話。梢子知道美里無法將下班後的時間用在自己身上，所以梢子把自己的時間奉獻出來……這樣說或許太嚴重了吧。

美里認為她對自己說的各種「商量事」是「閒聊」嗎？她認為和梢子說話都是「閒聊」嗎？

而她覺得有時間聽她說話的梢子是「閒到有時間聊這些話」的人嗎？

——我的氣量還真小。

梢子閉上眼搖搖頭。

「不好意思！請問妳不用嗎？」

背後傳來的聲音讓梢子回過神，轉頭一看，一個學生樣貌的青年拿著杯子不解地看著梢子。原本在飲料吧前的孩子們大概都回座位了吧，身影早已消失。

「不好意思，我剛剛在發呆。」

梢子點頭道歉，慌慌張張在杯子裡丟入紅茶茶包後倒入熱水，接著離開飲料吧。錯身而過時聽到對方咂舌，讓梢子更感覺沮喪。

也不能在這種地方消沉。不管美里心中怎麼想，都要感謝她今天特地空出時間來。

回到座位時，梢子的漢堡排套餐已經端上桌，但感覺美里碗中的海鮮粥沒什麼減少。

「讓妳久等了。」

「啊，妳的餐也來了喔。」

美里把裝刀叉的盒子拉近，梢子向她道謝。

「……那最近怎麼樣？店裡一切都好嗎？」

梢子邊把漢堡排切小邊問，她不知道書店的大家過得怎麼樣，這半年來完全沒聽到相關消息。

雖然沒有勇氣用電話或訊息和一起工作過的人聯絡，但想著要是錯過這個機會，或許一輩子再也不會聯絡了，所以梢子也早就寄出賀年明信片。她不知道會不會有人回，但即使如此還是想寄。

美里邊伸手拿過紙巾邊笑。

「嗯……跟之前差不了多少吧，才半年不會有什麼大變化啦。長大成人後果然不會有什麼變化，與之相比，小孩子真的一下子就長大了。昨天還做不到的事情今天就做到了耶，真的覺得好厲害。」

梢子一瞬間不知道美里在說什麼而啞口無言。

但立刻察覺到，美里想提的近況是關於自己的家人。這也沒辦法，每個人重視的事情都不同，這也是理所當然的。

梢子邊回「真的很厲害呢」，邊把切好的漢堡排送入口中。

「雖然很多事情很累人，但我還是覺得有生小孩真是太好了，和小孩子在一起一點也不痛苦啊。你們也差不多要考慮了吧？還是還在享受新婚生活？」

「……我們還早吧，我好不容易才習慣東京的生活，最近開始在找工作。」

一回完，明明是美里開口問的，她卻看似不太感興趣地點頭說：「這樣啊。」用湯匙舀起海鮮粥。

雖然這樣說，梢子對美里的私生活也沒太大的興趣，梢子告訴自己「這也是彼此彼此」，但彼此頻率沒對上的感覺讓梢子感到些許感傷。

剛才感受到的和美里之間的距離，就這樣成為她和梢子現在境遇的差距。

以前有「職場同伴」這個共通點，就算有哪裡不同，對話仍然有辦法成立。但在關係變成「前同事」的瞬間，彼此的頻率還真是變得相當不同呢，梢子突然深有感觸。

梢子調整坐姿、打直腰桿，喝斥自己「現在可沒時間沉浸在感傷中啊」。

今天可不是來閒話家常的，是因為想多少知道與梓沙相關的事情，才會特地找美里出來。就算不清楚具體發生什麼事情，至少也能談談妹妹沒有辭職仍持續工作的書店的近況。

「店裡的大家怎麼樣？都還好嗎？」

美里放下湯匙，歪著頭。

「嗯……從妳辭職之後對吧？都很好喔，沒什麼特別的變化……啊，有個代替妳的正職員工進來，然後最近保全先生每天都會來店裡，大概就是這樣吧。」

聽到懷念的綽號讓梢子有點開心，保全先生是店裡的常客，但很少看見他買書，他會撿拾掉在店裡的垃圾送來給店員，或是到處巡視有沒有人偷東西，所以才會被取了「保全先生」的綽號。

此時，美里放在桌上的手機響了。

「……啊，是我先生，對不起，我可以接個電話嗎？」

梢子點頭說「當然」，美里就拿起手機走出店外。

梢子看著自己還沒吃太多的餐點，她想著得要趁現在快點吃，待會才能靜下心來好好說話。

突然發現美里沒有點飲料只喝冰水，看見連到職場都會自備裝滿溫茶的保溫瓶的她喝冰水，讓梢子感覺有點不對勁。

——啊啊，原來是這樣。

美里沒打算在這裡待太久，和點了飲料吧的梢子不同，梢子重新感受到剩下的時間已經不多了。

美里接完電話回來後，道歉說著：「我女兒似乎身體不太舒服。」

梢子也建議美里「那還是早點回家比較好」，這是她的真心話。

梢子和她一起走到自行車停車場，打算目送她回家。

「話說回來，」美里突然開口，「我今天提到要和妳見面後，井口小姐也說想和妳見一面耶。她在店裡的工作時數比較長，或許會知道梓沙的什麼事情喔。」

——井口英子。

光聽到她的名字，都讓梢子感覺胃部變得冰冷。

「如果妳要留在這邊一段時間，要不要和她聯絡看看？」

「……謝謝妳，我會試著聯絡她。」

回以不失禮的回答後，她揮揮手。

美里突然握住梢子的手。

「絕對沒事，梓沙絕對會沒事的。」

如此說道。

美里的掌心堅硬又粗糙。真的好懷念喔，那是和半年前的自己相同的一雙手，是勞動者的手。

「很粗糙對吧？真的跟老婆婆沒兩樣，不管擦再多護手霜都沒用。」

她自嘲一笑，放開梢子的手。

「……這也沒辦法啊，只要碰書，手上的水分和油脂都會被書本搶走。」

「對啊，根本就是種職業病了。」

她說著「那先再見，妳要保重喔。」便跨上自行車朝梢子揮手。梢子目送她的背影遠去後，朝車站邁開腳步。

美里人真的很好，而且覺得她比任何人都要成熟，和因為一點小事情消磨的自己不同，梢子想過好幾次「真想變成她那樣的人」。

但只有一個人，曾經毫不掩飾地對美里表露情緒。

——在最忙碌的時候排休，都不會覺得不好意思嗎？

就是井口英子。

那是某天午餐休息時間。

在書店所在的購物中心的休息室中，梢子和英子面對面一起吃午餐。英子平常都會自己做便當，但這天她吃著從美食街買來的漢堡。梢子發現她會在忙碌週日結束的隔天，休息不做便當。

那天，新出版的書籍和要補充的商品不多，上午相對清閒，讓梢子也得以放鬆。美里接著和兩人會合，打開自己做的便當，開始說起週日和小孩一起去遊樂園的事情。梢子知道，英子聽到這個話題的瞬間繃起臉來。

——妳難道無法想像我們有多忙碌嗎？

梢子很簡單就能猜到英子心中這麼想。不對，現在回想起來，是梢子自己就是這樣想的。排休她沒有話說，但也多少顧慮一下上班的人吧。

接著在下一個瞬間，英子開口了。

——在最忙碌的時候排休，都不會覺得不好意思嗎？

梢子沒有想到英子會說出口，脫口說出「她孩子還小，這也是沒有辦法的事啊」，想緩和氣氛。

美里有點傷腦筋地歪頭一笑。

——我工作能力沒那麼強，我覺得有沒有我在應該都沒差多少吧？

瞬間，可以聽見英子倒抽一口氣的聲音。

梢子說著「才沒這回事呢」圓場，而英子只回了一句「哦，這樣喔」，接著再也不說一句話。

在這尷尬的氣氛中，第一個起身離座的是美里。「那我先走了喔。」等到她走出休息室，梢子才感覺終於能夠呼吸。

——我和美里的時薪啊。

英子呆呆看著半空。

——只差了五十日圓。這表示我的工作表現只受到這種程度的評價吧，真令人傷心。

在梢子不知該說什麼才好時，英子把最後一口漢堡塞進口中，說著「我先走了。」就離開休息室。

英子是梢子進公司前就在這裡工作的約聘員工，她以工讀進公司，之後轉成約聘員工，時薪九百日圓。沒經驗的工讀生起薪為八百五十日圓，所以只加薪五十日圓。

出版社的業務員，相當信賴英子與其他資深店員。特別是英子，不僅是她自己負責的文庫本，還常常被拜託幫忙看文藝書籍的校樣。閱讀出版前被稱為「校樣」的校正排版過後的版本，寫些感想讓出版社可以放在書腰上，也能提供負責人作為訂書數量的參考。

當然她還有平常該做的工作，所以大多都在回家後，得犧牲自己的私人時間才有辦法看校樣。梢子記得英子曾經提過有很多出版社拜託她，她堆了很多校樣還沒看。

——我在看校樣時，會看其他書的校樣來轉換心情，超忙的。

她如此笑著說，但看起來一點也不痛苦，可以感覺她打從心底深愛書籍。

但是，看校樣，不管寫出多棒的感想，都不會提高她的時薪，更不可能給她額外獎金，出版社也不會提供感想稿費。當然，作為幫忙看校樣的謝禮，出版社會特別讓書店進熱賣商品，或者提早透露消息給書店等等，書店從中得到不少好處，就像魚幫水、水幫魚。至於說到是否能當成個人功績，感覺又並非如此。

最近很流行「成就感壓榨」這句話，從外人來看，英子肯定是被壓榨的一方。但如果本人不介意，旁人也無從插嘴。

——只不過……

對工作態度完全不同的人待在同一個空間，就無可避免有衝突發生。

美里和英子的工作表現，換算成時薪之後，真的只有數十日圓的差距嗎？梢子工作當時，也和英子有相同的疑問，但梢子已經對此感到疲憊了。

回家前繞去超市一趟，她打電話給母親。

「媽媽，妳吃晚餐了嗎？我現在在超市，要不要買什麼東西回家？」

「……我沒食慾，什麼都不要。」

母親細聲說完後就掛斷了電話，這很刻意表現出自己沒精神的聲音，讓梢子心情跟著消沉。

把運動飲料、優格和果凍等可以隨手拿來吃的東西放進購物籃中，急忙前去結帳。眼睛看見展示架上擺放過年用的麻糬和火腿等東西，年底的忙亂氣氛更加無謂地煽動這股悲傷情緒。

梢子開始在書店工作到她辭職為止，除夕和元旦都得上班。母親每年都會抱怨「為什麼每年都是妳去上班？」但對梢子來說，待在店裡反而更開心。

正當她排隊結帳時，口袋裡的手機震動起來。梢子離開隊伍，到門邊按下通話鍵。

「喂，我是志田。」

梢子報上名後，對方也說了「我這裡是石垣不動產。」這是梢子昨天上午去面試兼職的公司。

「多謝關照，昨天很謝謝您。」

說著說著不自覺跟著點頭致意，對方卻回了「我也要謝謝妳過來。」但他有氣無力的音調，讓梢子還沒聽到後續就知道結果了。

「謝謝妳專程過來面試，但我們已經決定要錄取其他人了。哎呀，因為妳沒有行政工作的經驗對吧？我們想要即戰力，所以這次就沒有緣分了。」

「我明白了，謝謝您。」梢子說完後立刻掛斷電話，把手機收進大衣口袋中，重新排隊結帳。

明明只有服務業經驗，卻想找行政事務工作，是因為想要配合丈夫休假。她也有看見書店的徵人啟事，但最低條件是週末也要能排班，雖然梢子有相關經驗，但感覺也無法因此就通融她。

現在想起來，先前工作的書店就這層意義上來說很善待兼職的主婦們，在服務業中也算罕見吧。不管是週末、國定假日，連盂蘭盆節和新年連假都能自由排休，這是梢子離職之後才察覺到的優點之一。

結完帳後步上歸途。

隨著母親獨自在家的老家逼近，梢子也開始感到窒息，宛如登山般，周遭的空氣越來越稀薄。

一想到得顧慮母親的身體狀況和心情，得要把笑容和真實的表情分開使用，就不禁繃緊身體。從孩提時代起，這個習慣就沒變過。

站在門前深吸一口氣後，進門。

「我回來了。媽，妳身體還好嗎？」

讓語氣充滿擔心，但也要意識著音量確實能讓母親聽到。

為了可以平穩度過這個狀況，飾演一個好女兒。

走到起居室一看，母親躺在沙發上，用手掌蓋住眼睛。

「還好嗎？貧血？」

輕輕碰觸母親的肩膀，母親誇張地用力晃動身體。挪開自己的手，邊眨眼邊往上看向梢子。

「……妳剛回來？現在幾點？」

梢子一看手錶，回答：「晚上七點左右。」

母親邊說著「這樣啊」邊坐起身，等她在沙發上重新坐好後，用力嘆了一口氣扶著自己的頭。

「好久沒這樣偏頭痛了，雖然很早就吃藥了，但沒什麼用，真討厭。」

一看矮桌，桌上還擺著止痛藥和玻璃杯。

「妳有吃午餐嗎？稍微吃點東西墊墊胃比較好，我有買果凍和優格，妳要哪個？」

梢子又把音調放得更柔。

拆下三個一串的優格遞給說要吃優格的母親，接著到廚房去拿湯匙。打開餐具櫃的抽屜，發出嘎嗒嘎嗒聲。根本不需要這麼多刀叉，再整理得更整潔一點不是很好嗎？不小心就冒出這種否定母親的想法。

「妳今天去哪了？」

一轉過頭，母親直盯著梢子看。梢子忍不住別開視線，從抽屜中拿出相對比較小的湯匙來。

「……我去車站前和書店的同事見面，想說她可能會知道梓沙什麼事情。」

梢子謹慎選擇用字後說出口，小心不踩到母親的地雷。
梢子遞出湯匙，但母親沒接下。
「問梓沙什麼事情？」
帶刺的聲音讓梢子屏息。
「……我只是去問問看，她看起來是不是有什麼煩惱。」
梢子這句話讓母親用力吐一口氣後又抱頭。
「妳為什麼要做出那種丟人現眼的事情啊？」
「哪裡丟人現眼……」
梢子困惑一問。
「那孩子可能有什麼煩惱，但身為家人的我們什麼也不知道，這不是丟人現眼嘛！」
母親朝梢子發洩情緒，讓她的心情急速冷淡。

——不就是這樣嗎？我們根本不了解梓沙。

梢子說著「對不起」道歉，但她心中絲毫不認為自己有錯。
「明天早上我會去和爸換班，妳就好好休息吧。」
把湯匙放在矮桌上，梢子朝房門走去。為了不引起更激烈的爭執，現在立刻離開才是上策。

「妳老是這樣動不動就賣我恩情。」

母親的挖苦從背後追趕而來，梢子一瞬間停下腳步。

「妳是姊姊，理所當然要照顧妹妹吧？媽媽有說錯嗎？」

梢子轉過頭，露出微笑搖搖頭。

「……妳沒有說錯，妳是對的。」

✚

從有記憶開始，梢子第一個記憶是坐在暖爐桌前，寫母親買來的平假名練習簿的光景。據母親所說，梢子還不滿三歲就已經會寫所有平假名了。

——都是因為我的教育方法很正確。

如此自豪的母親總是看起來相當開心，母親認為梢子之所以對文字產生興趣，都是因為她常常帶梢子去圖書館唸繪本給她聽。聽她這樣一說，似乎有坐在自行車後座位置，把臉貼在母親背上去圖書館的記憶。

養育第一個孩子的過程中，應該有許多不安與迷惘。父親是工作狂，祖父母也住得很遠，身邊沒有人可以依賴。結婚後才首次離家的梢子，現在也能多少體會母親當時的辛勞。

實際上梢子光是和丈夫過著兩人生活就有許多迷惘，如果再加上孩子，雖然幸福也會增加，但顯而易見的煩惱也會隨之增加。

而當只能面對孩子時，也能輕易想像出會將所有能量全部灌注在眼前的女兒身上。這份能量，無庸置疑就是愛情，不管是對或錯，那肯定都是愛。

但在妹妹出生的瞬間，全世界立刻翻轉。

梓沙變成母親心中的第一名，肯定是被她那天使般的容貌吸引。接著，慾望變大了。母親認為梓沙的容貌絕對能成就出什麼，這份美貌讓母親中邪了。

不知是從哪找來的，母親讓梓沙參加經紀公司的甄選會，讓她成為嬰兒模特兒。梢子長大之後才知道，嬰兒模特兒的世界也沒有那麼好混。

小嬰兒每天都會用驚人的速度成長，如果成為經紀公司旗下藝人時，和參加工作甄選時的氛圍有所改變，就沒辦法拿到工作，而這類事情屢見不鮮。

而且如果住東京還無所謂，住外縣市要前往拍攝的工作相當辛苦。大人單獨前往不怎麼累，但要帶著嬰兒去東京拍攝，就要耗費大量勞力。帶著大行李在人潮中移動，也可能遇到預期外的突發狀況。

不僅如此，常得自付交通費、住宿費，而酬勞杯水車薪，自己倒貼是常有的事情。

但母親不把這些辛苦當一回事。

她努力說服父親「這都是為了梓沙將來著想。」積極地讓梓沙參加甄選。因為沒人可以幫忙照顧四歲的梢子，所以也常帶著她一起去東京。

老實說，當時梢子根本不知道為什麼要搭新幹線，到底是要去哪裡。

——只不過，她也發現自己只是附屬品。

母親常買新衣服或圍兜兜給妹妹，而梢子只能接收親戚不要的衣服。親戚的小孩都是男孩子，那和鄰居女生們穿的衣服完全不同。

即使還是孩子，梢子也喜歡那種粉紅色有蕾絲的衣服，老實說她很討厭有別人家味道的衣服。

梢子曾在母親替梓沙挑選衣物時，鼓起勇氣央求母親，但母親沒有答應。

——妳是姊姊啊，忍耐點。

不只衣服。

搭新幹線時、在飯店房間裡、去家庭餐廳時、在攝影棚中，以及在家裡。

為了妹妹的幸福，「姊姊」非得忍耐不可。

梢子剛開始很不能接受，但因為一件事，讓她開始覺得為了妹妹也無妨。

妹妹的嬰兒床就擺在起居室旁的三坪房間裡，梢子很喜歡待在嬰兒床旁邊看繪本。與其說想和妹妹在一起，倒不如說她不想待在母親身邊。

只要母親短暫離開去洗手間，梢子就會看著妹妹，在旁邊保護她。雖然妹妹此刻正在酣眠中，但不知道她什麼時候會放聲大哭。所以梢子會直盯著妹妹，只要一有狀況就能立刻去告訴母親。

這個小小的生物，似乎自己什麼也做不到，所以母親總是只照顧妹妹。梢子看著妹妹想，她比起人類更接近猴子。就算母親對她說「她是妹妹，很高興有妹妹對吧？」她也不太有什麼感受。

啪。妹妹眼睛睜開的瞬間立刻扭曲臉孔大聲哭泣，梢子用力大喊：「媽媽，小梓哭了啦！」但沒聽到母親回答。

面對哭聲比自己的聲音還大的妹妹，梢子說著：「不見了不見了，啪！」把臉靠近妹妹。下一秒妹妹停止哭泣，伸出手摸著梢子的臉笑了。看見妹妹看著自己笑的樣子，她第一次感覺妹妹好可愛，可以理解母親想讓所有人看見這副模樣的心情。

嬰兒模特兒必備的其中一項特質，就是隨時隨地，不管面對誰都不會亂哭，還能展露笑容。被帶到陌生的地方，被一群陌生大人的鏡頭包圍下立刻放聲大哭，得花費時間安撫的嬰兒，不管多可愛都會被嫌棄。

梓沙也是個不太喜歡鏡頭的嬰兒。

第一次拍攝時，被眾多大人包圍的梓沙扭曲她可愛的臉龐，奮力放聲大哭。梢子還記得她當時坐在攝影棚角落的椅子上，呆呆聽著妹妹簡直可謂暴力的哭聲。梢子很不開心母親眼中只有妹妹，但她不曾說出口。

母親接著抱起梓沙，開始安撫她想讓她停止哭泣，但她只是越哭越大聲。

聽到工作人員說出「這不行了」的瞬間，梢子好生氣，我的妹妹才沒有「不行」。

梢子跳下椅子跑到母親身邊，接著……

——小梓。不見了不見了，啪！

先用雙手遮住臉，隨著「啪」打開雙手的瞬間，張大嘴巴扮鬼臉。梓沙瞬間停止哭泣，直盯著梢子的臉看。

——不見了不見了，噗！

這一次用雙手壓雙頰把嘴唇嘟出來，原本哭臉的梓沙，立刻呵呵放聲大笑。

大人們馬上讓梢子站在鏡頭後方，讓她保持梓沙心情愉悅。原本遲遲沒有進展的拍攝工作，一轉眼就結束了。

梢子自豪地想著「我的妹妹果然很可愛，對吧？」

自己能做到連母親也辦不到的事情，感覺也湧起這份自信。實際上，梓沙開始能扶著東西走路時，她不是追著母親也不是追著父親，而是追著梢子跑。

只要梢子伸手說「把玩具給我」，梓沙不管拿到什麼都會說著「給妳」，然後遞給梢子。滿臉笑容抬起頭看梢子的妹妹，下一秒就把頭埋進梢子懷中磨蹭，妹妹沒有理由地超級可愛。

+

——但是。

等母親心情平靜後，梢子回到自己房間，低頭在床邊坐下。

「……為什麼會變成這樣。」

一說出口讓她眼睛發熱，感覺水分在被褥上滲開。她抬起頭，用手背擦拭眼睛。

明明覺得依賴自己的妹妹那麼可愛啊，為什麼昨天會回那麼冷淡的訊息呢？

不管有多後悔，時間都無法倒轉。既然如此，梢子無論如何都想知道梓沙身上發生什麼事情了。

上班第一天，極度的緊張感讓我肚子痛。這點從我孩提時代起就沒變，我只要來到第一次造訪的地方，肯定都會肚子痛。

有人對我說過「長大後還說自己怕生的人是自我意識過剩」，連我自己也覺得或許如此，但我無法改變。窺探對方反應而一句話也說不出口，或者反過來滔滔不絕停不下來，變成一個奇怪的人。

即使如此，我仍舊已經是個大人了。問題總有辦法迎刃而解，非得迎刃而解不可。

但都在這裡工作兩週了，我的腹痛問題遲遲無法解決。

今天也一大早就跑好幾次洗手間，即使如此，肚子還是咕嚕咕嚕叫。

走進後場員工專用的洗手間，我抱頭煩惱著自己為什麼會在這種地方，其實我一點也不想要在這家店工作。

我不擅長從零建立新的人際關係，小時候只要一換班級，我都會感到無比絕望，走進教室太痛苦了，於是把自己關在洗手間裡好幾次。

已經一段時間不曾發生這種狀況了啊。

到開店時間還有半小時，我還特地為了要快點習慣工作早點來耶，原本想要把東西從一樓搬到店裡的，但今天又沒辦法離開洗手間。

心想著真想要直接回家，即使如此只要時間一到，還是得離開這裡走進店裡。

——不可以丟那個人的臉。

走廊傳來男人的說話聲和腳步聲，聽見運送物品的推車「嘎啦嘎啦」的聲音。肯定是店長和副店長。

——那麼，拿出勇氣來吧！

我替自己打氣，站起身。

○第二章○

迎面砸來的那句話

隔天，母親還是說她不去醫院。

我替說身體就是很不舒服的她，和在醫院待了整晚，待會兒就會回家的父親捏飯糰。有多久沒進老家的廚房了呢？但話說回來，梢子還住在老家時，至少在長大成人之後，幾乎沒有做過菜。

因為一些原因，有段時間梢子包辦了煮飯、洗衣和打掃，她基本上所有家事都會做，但不知從何時開始，母親非常討厭梢子出手幫忙，不僅如此，就連她以外的人開冰箱都會不高興。

老實說，梢子無法理解她為什麼會那樣討厭，但婚後久違回到老家的現在，感覺可以理解了。對母親來說，被看到沒好好整理、打掃整潔的廚房是件很恥辱的事情。

除了飯糰，梢子也想煮個味噌湯，一打開冰箱發現裡面塞滿滿，連要拿東西都讓人害怕。冰箱隔板黏膩髒汙，就算講場面話也說不出「乾淨」兩個字。連食材也難以判斷能不能吃，肯定只有母親有辦法辨別吧。

稍微整理一下快變成置物架的餐桌，把裝有飯糰的盤子擺上去，走到雙親寢室前對母親說話。

「我捏了飯糰，如果妳吃得下就吃一點，我去醫院了。」

沒聽見母親回應，梢子朝玄關走去，穿上鞋子。

——如果是「普通」的母親，這種時候會想要躲在房裡嗎？

邊朝公車站前進，梢子對有這種想法的自己產生罪惡感。

這世上真的有所謂的「普通」嗎？

世上萬物都各有不同，到底要以什麼為基準也因人而異，但人類卻會對其他人說出這句話。

靠近公車站時，明明還不到到站時間，公車卻已經從眼前開過去了。看到時刻表旁邊貼了另外一張紙，這才發現從今天開始實施新年假期的特別時間表。

——今天是十二月二十九日。

確認下一輛車十幾分鐘後會到，梢子在長椅上坐下。但天氣太冷讓她忍不住站起來，結果最後決定站著等車來。

坐在休息室沙發上的父親，感覺才一天就變老許多。對父親說母親今天也不會來之後，他沒露出昨天那般不耐，只說了「這樣啊」。

「……還好公司剛好開始放年假了，也不能因為這種事情請假啊。」

父親自然脫口而出，但梢子沒有錯過這句話。女兒的生死危機只是「這種事情」嗎？

「工作比女兒重要嗎？」

梢子盡可能冷靜開口問，但父親反應敏感，粗聲回答。

「我又沒有那樣說！我的意思是，如果我不去工作，妳媽和梓沙可就沒飯吃了！」

很明顯是因為不小心說出真心話而感到尷尬。

「我又沒怪你，只是問一下而已。」

回答後，父親小聲說「抱歉」。

「……事情還真是事事不順心。」

梢子在他身邊坐下後，他重重嘆一口氣如此道。

「自從妳替梓沙介紹打工後，她也一直有去上班沒有請假。雖然時薪不高，但只是有去工作已經比先前好很多了。她放假時，好像也會出門去哪。」

「出門去？」

一問，父親點點頭。

「對，妳媽常說，說她就連沒有打工的日子也會一大早就出門，很晚才回來，根本沒時間好好和她說話。」

父親也說了和她成天悶在家裡那時相比，可是很驚人的成長。

「你說她出門，她是去哪？和誰出去？」

「我不知道那麼多，不是和朋友或誰出去嗎？」

梢子沒辦法直接相信父親所說的話，因為她根本沒聽說梓沙有朋友。沒錯，梓沙除了學校和職場以外，沒有其他能和她碰面的朋友。

如果她和誰一起出門，最有可能的果然還是書店裡的人吧。讓梓沙開始離家出門的原因，是因為可以在梢子結婚辭職之前一起工作一段時間，所以開始到書店去打工。她也只有在此有機會認識新朋友。

告訴父親她有做了早餐，和父親約好傍晚換班，梢子決定今天要去書店一趟。

梓沙住院後無法上班，原本排定的班表應該一團亂，而且店裡年底一定很忙，梢子去店裡露臉大概也不會得到大家的好臉色吧。

即使如此，她還是想去道個歉，最重要的是要找到和梓沙交情比較好的人，想聽對方說說話。

✚

在站前買好點心當伴手禮，搭上前往購物中心的公車。真不愧是放寒假，車上滿是一家大小或一群孩子等要出去玩的人，非常熱鬧。

雖然一直說不景氣，但遇到假日就會看見讓人疑惑平常人到底都躲哪去的大批人潮聚集，也會有種日本還不會有問題的感覺。這樣看來，書店應該也有許多顧客，結帳櫃檯大概會大排長龍。

回想起過去忙到暈頭轉向的日子，突然有點懷念。

忙著接待顧客，沒辦法如願地把商品擺出來，看見商品架被弄亂就會感到相當無可忍受等等。但看見店裡如祭典般滿是顧客的光景，還是感到很開心。

元旦還會販售遊戲卡牌或漫畫周邊商品的福袋，而購物中心本身也會提早三十分鐘營業，顧客更早之前就會在門口排隊，這是為了要購買各自目標店鋪的福袋。

在鈴響的同時開門，聽見「咚咚咚咚」的腳步聲逼近，梢子的心情也隨之雀躍起來。無關乎大人或小孩，顧客拿起擺在設置於結帳櫃檯前的簡易長桌上的福袋，開心的情緒染紅雙頰。

而最讓人開心的是，手拿壓歲錢的小孩子們來到書店購買想要的書。

即使雙親吩咐「要好好思考用途，不可以一次花光」，但眼前有這麼多想看的書，看著孩子們煩惱著該怎麼辦的樣子，就會感覺書店還有光明的未來。

這是一份很棒的工作。雖然，梢子拋下這份工作了。

公車抵達購物中心正門口，梢子有點緊張地走進商場，搭上手扶梯朝書店所在的二樓前進。

炫目的光線與嘈雜的音樂稍微緩和了梢子的緊張。

還沒有走進店裡就知道書店裡人很多，相當忙碌，白色地板上堆積黑色塵埃。聽起來不可置信，但在冬天的繁忙時期，只要沒有幾小時拖一次地，就會變成這樣。

今天大概是顧客太多，拖地會打擾顧客吧，更根本的原因是人手不夠。實際上結帳櫃檯前大排長龍，根本沒有人注意到梢子。

梢子決定先在店裡逛逛，看情況再找誰搭話後便走進店裡。雖然不是來玩的，但只要一走進書店就會毫無條件地感到雀躍。離開書店半年後，她還是第一次完全以顧客身分在店裡逛呢。

逛了一圈後感覺到的是，還真是變成一間很「普通」的書店了。

以前店裡四處擺滿商品甚至會讓人感到驚訝，不僅暢銷書以及相關商品，不怎麼熱賣的商品也會強力推薦「還有這類商品喔！」各處都是這樣的商品架與展示平台。

但現在不好也不壞，就是普通。

確實，梢子也認為明白地將熱賣商品擺出來是好店家的條件之一，梢子也明白維持「能在想要的時候買到想要的書」這狀況有多辛苦。

但梢子認為，「我們店」應該更超越這樣的店才對。

剛到東京生活時，丈夫帶她去逛過許多書店。那裡當然有許多很棒的店，藏書量與新書的冊數絕對都是外縣市的店家比不上的，但即使如此，梢子仍然覺得「我們書店」比任何一家店都有魅力。那肯定不只是因為梢子的好惡。

實際上，「我們書店」的營業額比市中心的分店還高。

幾年前改裝時，有其他分店的人前來支援，對方還說了「你們把這本書也擺在架上啊，我們也來試試看好了」，或者是誇獎「你們家的文庫本負責人陳列文庫新作品的速度，比任何一個正職員工還要快耶」，這讓梢子相當自豪。雖然不是誇獎自己，但「我們店」的人被誇獎就是令人感到開心。

——到底發生什麼事情了？

梢子因為工作時的習慣，邊把弄亂的商品歸位邊呆呆思考。

半年這個時間，看似短暫其實漫長，可以發生許多事情。

「咦？高見小姐？」

有人喊了梢子結婚後再也沒人喊過的舊姓氏，嚇得她抬起頭來。那是以前的同事永井香苗。

「果然是高見小姐！啊，妳現在改姓了，是志田對吧？」

看見香苗笑著和她說話，梢子鬆了一口氣。

「嗯，對……我妹妹造成店裡的困擾真的很對不起，我有帶小點心來，妳今天休假？啊，是休息中？」

梢子發現香苗沒有穿著店裡的圍裙，如此問道，只見香苗把臉湊近小聲說話。

「不是，我現在在巡邏。」

「……巡邏？」

梢子也壓低音量回問。

「對，最近卡牌頻繁遭竊，所以每十五分鐘就會有店員變裝成顧客到處巡邏。真的很傷腦筋耶，我們沒辦法好好工作，而且也還沒找到竊賊。」

香苗邊說邊看向結帳櫃檯，副店長正看著她們兩人。

「我再一小時就下班了，如果妳有時間要不要一起喝個茶或吃飯？……關於梓沙的事情，我有些事想跟妳說。」

香苗迅速說完後等梢子回答。求之不得啊，她知道些什麼。

「嗯，我也有事情想問，我會等妳，妳下班之後可以聯絡我嗎？」

香苗說了「我知道了」後再次混入顧客當中。

把小點心交給打工的大學生，拜託他放在後場讓大家可以拿來吃。原本想去找店長及副店長打招呼，但他們不是在應對顧客的洽詢就是正在站結帳櫃檯，梢子怕會打擾他們就放棄了。

大家去旅行或是回老家省親帶禮物回來時，都會放在傳真機旁的平台上。休息或是下班後有甜點可以吃很令人開心，這點肯定現在也沒有改變。

香苗傳來〈我現在下班了，我先從員工出入口到外面一次喔！妳在哪？〉的訊息時，梢子正在一樓的雜貨店打發時間。告訴香苗之後，她立刻回〈了解！我馬上過去！〉

正如她所說，她五分鐘左右就現身了。看見她揮手說著「讓妳久等了」，讓人感到很開心。

「對不起，我突然約妳。仔細想想，妳可能有其他計畫。」

「沒有，我正好想著如果能和店裡的誰聊聊就好了。我才要說對不起，妳很累對吧？很忙嗎？」

一問之後……

「現在是年底嘛，怎麼樣都會很忙碌，但今天開始放假停止配送，經銷商不會送貨過來，會稍微輕鬆一點。雖然昨天寄來的東西還留在後場，但那不是新出版的書，店長說可以慢慢來，要我們以待客優先。」

「這樣啊，停止配送啊。總之上班辛苦了。」

梢子一慰勞香苗，她也笑著說道。

「啊，謝謝妳帶來的禮物！我正好需要糖分超開心的。今天真的遇到好多顧客問問題，出版社也開始放假，庫存很可能會不夠，但這全都得等過完年才有辦法處理，有所牽掛好煩喔。」

香苗說的這些都讓梢子好懷念。

梢子知道他們很辛苦。如果她還在職，肯定會跟著一起抱怨「好想休息！」、「好想出去玩！」或是「為什麼出版社要放假啦！」

但身為已經遠離這一切的人，包含這份忙碌在內，感覺他們忙得相當愉快。

「啊，高見小姐，啊不對，是志田小姐，妳先生是出版社的人嘛！妳先生也跟妳來這邊嗎？」

「沒有，我先生留在東京。我接到梓沙的消息時，我先生還在上班。」

梢子一說，香苗連忙道歉。

「對不起。總覺得很懷念，我就自顧自說個沒完。妳現在很辛苦吧，我沒仔細思考妳為什麼會回來這邊就說話，真的很對不起。」

梢子覺得香苗相當直率，只要覺得自己有錯就會立刻道歉。雖然是連小孩也懂的事情，但其實很少大人能做到這點。

「請別道歉，醫生也說沒有生命危險……只不過，我很想知道梓沙為什麼會從那棟大樓跌下來，很想知道發生什麼事了。」

香苗「嗯」地點頭。

「妳有時間邊吃邊說嗎？要不要到車站前？」

梢子一問，香苗立刻回答。

「車站前感覺人會很多，要不然我們就在這邊吃吧。」

梢子「咦？」了一聲回問。

「書店的人也會去二樓美食街用餐，可能不方便說話，但一樓的餐廳應該沒問題吧。」

正如香苗所說，一樓的餐廳區雖然人潮不少，但等待時間應該不會比站前長。而且書店員工不會在下班後或休息時到這裡用餐，如果想利用工作中的空檔時間，就會選擇能輕鬆解決的美食街，而下班後只想要早點回家。就跟過去的梢子相同。

走進義式料理餐廳，各自點了義大利麵套餐。和香苗面對面坐下，梢子這才發現是第一次和她單獨吃飯。她們的關係並非不好，但私底下也沒有往來。

「妳今天有和大家說上話嗎？這半年也多了不少不認識的店員對吧？」

香苗先開口說話。

「大家看起來很忙，所以我也就沒找他們說話了。確實多了不少不認識的人，有種平均年齡下降的感覺。」

「啊啊，就是啊。老實說，有點不太自在。聚餐時啊，工作很久的店員和新人們完全分開耶。但美里就很厲害，和新人們也是感情很好，有種替雙方聯繫關係的感覺。」

「嗯，可以想像，新人們應該也很安心吧。」

「嗯。」

香苗是能直率誇獎他人的人，非常擅長發現別人的優點，而且其中不參雜絲毫嫉妒。

她這樣誇獎美里，但梢子認為，對新人們來說香苗應該也是很好相處的人，而她自己沒有發現這件事。

「只不過美里的上班時間短，光每天的工作都讓她忙不過來了，似乎連訂單都拿回家寫。她原本就不胖，現在又更瘦了讓人有點擔心……如果她是全職班，或許也能更多加注意梓沙了吧……」

從香苗口中聽到妹妹的名字時，她嚇了一跳。

「……梓沙怎麼樣？有好好工作嗎？」

梢子一問，香苗一瞬間欲言又止，梢子拜託她別在意，希望她可以老實說。

「……我覺得梓沙相當努力，雖然不是擅長社交的人，但基本上都滿臉笑容，算有融入店裡。只不過只要一慌張就會忘了把商品給顧客，或是忘記還信用卡之類的，變得很常出錯。這種時候她會真的很沮喪，甚至還會很想不開說『沒有我對店裡才比較好吧』……雖然我有否定才沒那回事。」

說到這裡，香苗又沉默了，梢子也很清楚她還有其他事情想要說。

「其他還有什麼問題嗎？」

梢子如此問道，剛好店員將義大利麵端上桌。聽完店員說明餐點，等店員離開之後又再問了一次。

「其他還有什麼不太順利的事情嗎？」

香苗用「那個啊」開頭後繼續說道。

「我聽店長說，梓沙從大樓頂樓跌下來是意外，那真的是意外嗎？……有沒有可能是自殺？」

從她口中聽到這個單字，胃抽痛了一下。

——看吧，她果然有煩惱，而我卻沒有聽她商量。

「尾牙那天，我那天晚班所以沒去參加。但梓沙出事之後，其他人馬上就傳訊息給我，說有警方找他們問話。他有說他跟警方說梓沙在店裡沒發生過什麼糾紛。」

雖然對話題遲遲沒碰到重點感到有點不耐，梢子點點頭後催促香苗繼續說。

「但如果警方來問我，我可能也會說她曾經提過一些煩惱，但我也不敢主動去找警方說。」

彼此都沒有伸手動義大利麵，義大利麵在面前冒著熱煙。

「我有看到梓沙和英子起爭執。」

突然聽到井口英子的名字嚇了梢子一跳。英子今天休假。因為還不太敢和她碰面，梢子才會選她休假的今天來店裡，她曾問過美里確認班表。

「……發生什麼事了？」

「妳之前和英子很要好對吧？妳別說是我說的喔。」

香苗如此強調後，梢子「嗯」了一聲點頭。

「……我辭職前，我們兩個私底下也沒說話，結婚後更完全沒聯絡，所以不用擔心。」

——別說謊了。私底下也沒說話？根本連在店裡也完全不說話了吧，就連公事都是透過其他人居中傳話啊。

但香苗連這件事也沒注意到，也表示梢子隱瞞得很巧妙吧。

「……妳真的很沒用耶。」

香苗突然說出這句帶刺的話，梢子的心臟漏跳了一拍。

「英子這樣對梓沙說，也讓我覺得好像在對我說，我覺得好痛苦。」

她眼中浮出淡淡淚光如此說，白皙臉頰發紅，她吸了吸鼻子，連鼻尖也發紅了。

「妳辭職後不久，梓沙開始負責顧客訂單的工作。來店裡做到工作有一定程度熟練為止，都讓她去幫忙結帳或是做其他種類的工作，但負責顧客訂單的其中一個人突然辭職，所以才會讓沒專職負責的梓沙去做。」

淚水滑過香苗的臉頰，梢子遞出手帕，但她說著「我也有帶」，從自己的包包中拿出手帕。

負責顧客訂單的人當有顧客訂了店裡沒庫存的商品時，要幫忙調貨，以及進貨時通知顧客。梢子完全不知道梓沙有專職負責的工作。

「……對不起，我哭出來了。這半年來陸陸續續有人辭職，所以一團混亂，慢性人手不足。要打電話通知訂貨顧客時，基本上都要用結帳櫃檯旁邊的電話對吧？所以正職員工就說，如果等結帳的顧客變多時，就要邊幫忙結帳邊打電話。」

梢子回想半年前每天都會去上班的店裡。只有兩台收銀機的結帳櫃檯，不知何時出現的排隊人龍。邊側眼看著這一幕邊工作的每一天。

「但梓沙不太擅長掌握幫忙結帳的時機，她人太好了，沒辦法在有顧客等待結帳時打電話，所以比起通知顧客到貨，她都會比較常幫忙結帳。」

衷心感謝香苗說梓沙人好。

梓沙從小就不擅長隨機應變做事情，她沒辦法同時做兩件事。正因為如此，梓沙才會感覺活得很辛苦。

就算不是負責顧客訂單，肯定也因此碰壁無數次，因為梢子也曾遇過相同狀況。想要專心補貨上架時有人跑來問問題，寫訂購單時發現有小孩迷路；邊檢查補充商品的品質邊接電話，邊站結帳櫃檯還要摺圖書禮品卡的包裝紙。

工作做也做不完。

「但到貨通知當天就要做完對吧？就算是顧客沒有接到電話，起碼也要留下來電紀錄。梓沙怎麼樣也打不完電話時好像有去找正職員工商量，然後啊，最先是副店長代替梓沙聯絡顧客。」

梢子「嗯」聲附和。

「然後又把工作分配給下午來上班的同事，因為英子能幹可以很迅速就做完，所以常常會交給她去做。」

「啊啊。」不自覺嘆氣。

「但老實說，英子自己的工作也很滿了，原本和她搭檔的文庫本負責人辭職之後，雖然有新工讀生進來補，但大家沒多久就辭職。她現在自己一個人負責文庫本的所有工作，但看在正職員工眼裡，會覺得她還遊刃有餘吧，因為英子全都能做好，但其實她的工作已經滿到沒辦法幫其他人做事了。」

香苗說完後，突然驚覺自己說了什麼而變了臉色。

「對不起！我不是在說這是梓沙的錯！」

「嗯，我知道，妳不用緊張。」

梢子點點頭。

「我覺得英子也到極限了，大約一個月前吧，我記得那天是假日所以人潮很多，大家也常常進櫃檯幫忙結帳。光自己的工作都忙不完了，所以梓沙也沒有太多時間可以打到貨通知的電話。不僅如此，還得要巡邏有沒有人偷東西，真的沒有辦法了。」

香苗的聲音在發抖。

「梓沙原本想要加班把工作做完，她說她不想要帶給別人困擾，但她還是每週只上四天班的約聘員工……因為沒有替她保社會保險，店長說不能讓她加班。」

香苗皺著臉說：「既然這樣，就快點增加她的上班天數不就好了嗎？」

「……是總公司的人說要節省人事成本吧。」

「……真的很想問他們把第一線工作現場當什麼，到底是還想要求我們什麼啊。總公司的人現在來到現場也完全派不上用場啊！光說不練真的很討厭。」

香苗現在感受的不耐煩是梢子過去也曾有所感受的事情，不對，第一線現在的狀況應該比當時更加辛苦。

「結果梓沙的工作就被分配到英子頭上，大概因為這樣，終於忍不住爆炸了。」

「然後就對梓沙說了『妳真的很沒用』嗎？」

香苗點點頭。

「在更衣室裡準備回家時，英子走進來，只說了這句話之後就回去店裡了……老實說，她們兩人的心情我都懂，當自己忙不過來的時候還要去做別人的工作，我肯定也會覺得莫名其妙。但我也是不擅長隨機應變的人，要我去負責顧客訂單的工作，我覺得我也做不到。」

梢子「嗯」一聲點頭。

「……我現在覺得，要是當時可以對梓沙多說一些安慰的話就好了，但我都在看英子以及其他資深店員的臉色，不想連自己也變得尷尬，所以極力不讓自己扯上關係。」

香苗低頭說道。

「對不起……梓沙肯定是被逼到絕境，我明明湊巧就在那裡卻什麼也沒能對她說，都是我的錯。」

「才沒那種事，這不是妳的錯，謝謝妳跟我說這些。」

或許香苗沒有辦法相信，但梢子真的完全沒有任何想責怪她的心情。每個人都曾有過為了守護自己的容身之處而無法採取行動的時候。

身為正職員工的梢子，也常常不敢向上級提出意見。就算覺得自己沒有錯，但和有沒有辦法開口又是兩回事。

——而且，梢子自己也曾肯定英子說的那句話。

厭惡感從胃部一湧而上，梢子用力嚥下肚。事到如今也無法道歉，只能自己永遠懷抱著這份錯誤活下去。

但在此出現一個疑問。

——梓沙真的會只因為這樣就選擇自殺嗎？

從至今的經驗來看，梓沙只要在人際關係上不順利，就會立刻請假不上班或乾脆辭職。她之前也辭掉非常多打工，而她每次辭職，梢子就會鼓勵她「下一個工作肯定沒有問題」。

立刻想到「因為我離家了嗎？」

如果梓沙突然不去打工，母親肯定會責備她，之前還有自己在兩人間當緩衝，但梓沙現在只能和母親正面衝突。

——所以，無處可逃了？

當梢子決定要結婚離家時，她並非沒想像過會有這種事態發生，但她讓自己不去想，試圖讓自己相信梓沙可以融入書店的工作環境，變成「普通」的人。

桌上的義大利麵完全冷了，梢子擠出笑容對香苗說：「我們快吃吧。」

「只要工作就會遇到很多事情，我非常尊敬不認輸繼續工作的大家。」

香苗搖搖頭。

「只是害怕改變而已。就算在工作中遇到討厭的事情，也沒勇氣換工作，因為無法保證其他地方會比現在的地方更好啊。即使如此，現在很多不滿也不知該如何解決……以前總覺得，長大成人後就能把事情做得更好的耶。」

「……嗯，我也這樣覺得。」

梢子從擺在一旁的托盤中拿出叉子和湯匙遞給香苗。

「謝謝妳跟我說，我們快吃吧。」

香苗擦拭又冒出來的淚水，接下餐具。

變冷又變得有點硬的義大利麵，口味很重讓梢子感到莫名口渴。番茄的酸味糾纏在舌頭上，她喝水將味道沖下肚。

如果梓沙很想要辭掉書店的工作，也因為害怕母親而無法說出口，那她是想要找梢子商量什麼呢？是想要找她一起說服母親嗎？梢子不認為梓沙會這樣想。母親至今曾經改變過自己的想法嗎？

突然想起往事。

——過去，梢子和梓沙有段時間曾分居在東京以及外縣市兩地。

「……志田小姐？妳還好嗎？」

聽見香苗喊她，梢子才發現自己直盯著捲在叉子上的義大利麵看。

「對不起，我有點發呆。」

梢子邊笑邊將義大利麵送入口中。肚子明明很餓卻食不下嚥，香苗似乎也和她相同，她們花了很長時間才把東西吃完。

兩人一起搭上前往車站的公車，並排坐在最後一排位置上。

車內充斥熱鬧喧譁的聲音，看著應該是朋友一起出來玩準備要回家的年輕人，湧上一股像懷念又像憧憬的複雜情緒。

梢子十幾歲那時還沒有這家購物中心，記得應該是在她大二時開幕的。在那之前這附近沒有大型商業設施，國、高中時要買衣服或雜貨，都得到車站大樓裡的店家買，而那些店現在都歇業了。

雖然這樣說，但梢子幾乎沒有和朋友一起去逛街，在速食店裡邊吃東西邊聊天的記憶。特別是上高中後，放學後都得馬上回家做家事。那時母親和妹妹不住家裡。

下公車後，梢子和香苗自然而然朝車站收票口前進。走在她們前方的一群人似乎接下來要參加公司尾牙，彼此正抱怨對工作的不平不滿。

看起來是前輩的男性，對說著「今天要卯起來喝酒」的女性說「多少節制點啦」，梢子心想「真令人懷念」。

書店的喝酒聚會一年只有一次，就是尾牙時。尾牙總是在車站附近固定的居酒屋舉辦，和比平常神采飛揚的同伴們一起走到車站，各自搭上電車、公車或計程車回家。

懷念著邊說著「真期待呢」，其實心中感到有點麻煩的那時。

——有誰參加，又有誰缺席呢？

——如果那個人要參加，那我也去吧。

——那我也去。

隱約聽見這樣的對話，梢子心想，人不管到幾歲都不會變呢。感情好跟感情不好的人，合得來與合不來的人。

飄散著因為不想讓自己格格不入，拚了命想確保有人和自己說話的氣氛。

如果剛好晚班或全班就會來不及參加尾牙，所以也可能缺席。但如果問「不用參加聚會覺得很開心嗎？」又很難明說「沒錯」。

——自己不在場時，不知道別人會怎麼樣談論自己。

之所以會這樣想，是因為當自己參加聚會時，曾經遇過好多次把缺席的人當作話題的狀況。

平常沉默寡言的男性正職員工們在喝了酒之後也會變得多話，因為不是在書店裡，而是在居酒屋這非日常的空間中，所以也變得大膽了吧。

——誰誰誰有男友嗎？

——現在幾歲啊？

——也不能一輩子住在老家啊。

——哎呀，女生最後去結婚就好了啦。

——不可以永遠都待在這裡。

而從這樣輕佻說話的男性員工手中袒護單身女性的，大多都是已婚女性。

——別擔心，誰誰誰是很能幹的人，要是因為著急結果跟奇怪的男人結了婚，那才傷腦筋。

就連反駁「不勞煩操心」、「真沒禮貌」，或是提出其他意見也辦不到。

梢子心裡某處也想過，每天老家和書店兩點一線的生活還能持續多久，這樣下去真的可以嗎。

在書店裡工作常得搶先換季，有時會讓人感覺活得像在趕投胎。

邊陳列商品展的商品，邊思考下一季的企劃。總是在想接下來的事情，然後一轉眼一年就過了。

當購物中心開始播放起聖誕節音樂，寫賀年明信片給關係良好的出版社業務時，就會驚訝自己又多一歲了。

在這之中，送走了好幾個因為結婚或懷孕離開職場的人。梢子也知道書店內還傳出，只要負責童書就會結婚或是懷孕的迷信。

才沒這種事。

只是接連幾個結婚或懷孕辭職的人，都剛好負責童書而已。她們太過單純，說出這種孩子氣的話還真是令人莞爾。

但她們過分直率地說著「好羨慕喔，我也想要負責童書」也讓人傷腦筋。才剛滿二十歲的她們太年輕了，才有辦法率真地說出對結婚的憧憬。

自己應該也和她們同樣經歷過相同的年代啊，但即將滿三十歲的梢子，當時不如她們率真。

她和英子還沒弄僵關係時，也互相說著「如果我要結婚，就要找一個願意讓我繼續到店裡上班的人結婚」，全力工作至今，不想要輕易拋下這一切。

但梢子卻選擇和住東京的男友結婚並辭掉工作，梢子當時想過，看在英子眼裡，應該覺得梢子背叛了她吧。

所以梢子百般猶豫無法自己說出口，結果完全錯失時機。

走到收票閘門前，香苗停下腳步說「我要搭電車」。大概因為開始放年假，車站人潮稀少。

「今天真的很謝謝妳。」

梢子道謝後，香苗搖搖頭，她的眼睛還紅紅的，讓人看得心痛。

「我也會幫忙祈禱梓沙可以快一點恢復意識。」

「謝謝妳，到時我會馬上通知妳。」

「嗯，我等妳……如果妳之後還有回來這邊，再來店裡露個臉吧。我等著妳。」

梢子點頭。

香苗走過收票閘門後還數度轉頭揮手，接著走下樓梯消失身影。

梢子邁開腳步走到公車站前突然有個想法，接著直接走過公車站。她想去每年辦尾牙的居酒屋，也就是梓沙跌落的那棟大樓看看。

聽香苗說完之後，梢子一直在思考。

梓沙在書店裡感到很不自在，這點肯定沒錯，但梢子不太能理解。

——如果很不自在，那她為什麼會為了要參加尾牙而去那間居酒屋呢？

梢子也很清楚「他人在自己不在場時說自己閒話」的恐懼，但忍受和不喜歡自己的人同處一個空間，對梓沙來說應該也很痛苦。即使如此，她有什麼非出席不可的理由嗎？

梓沙肯定是為了要和大家打好關係才想要出席尾牙的吧，那如果是這樣，她還會從大樓屋頂跳下來嗎？

——那天，到底發生什麼事情了？

她邊避開喝醉酒大聲喧鬧擋路的上班族，在車站前的道路上前進。放在大衣口袋中的手不知在何時緊握，指甲深深嵌入手心。

走在可能會碰到認識的人的路上，不知為何令人緊張。在東京一直沒和丈夫以外的人說話，這幾天和太多人說話，梢子的腦袋非常嘈雜。

梢子也很能理解妹妹不想要離家外出的心情。

只要出去與他人往來，就會不由分說地感受他人強迫接受「你就該這樣」的價值觀，接著對不符這個價值觀的自己感到自卑。

即使如此，「普通人」都會離家，找出融入社會、擬態、做好表面工夫的方法。梢子也是這樣活過來的。

但結婚後到東京生活半年的現在，她完全沒交到朋友。

頂多只有到超市購物時才會單獨外出，和丈夫以外的對話也只有在超市結帳時對店員說「我有會員卡」，以及對送貨的宅配員道謝而已。

剛結婚時她曾問丈夫「我是不是該出去工作比較好」，但丈夫說「妳不用勉強自己沒關係」。

——如果想工作就去工作，不想工作也沒關係。但如果我賺的錢不夠養家，到時就拜託妳幫忙了。

梢子接受丈夫的好意，想著要在家裡多待一段時間，接著才知道原來家庭主婦與社會的連結如此淡薄。如果有孩子，狀況可能又不同了吧。而這也有煩人的一面，反之肯定也有讓人能夠依賴的一面。

雖然知道要與社會有所連結只有工作，但遲遲無法採取行動。大概覺得工作要負的責任很大，所以想著那來學些什麼也試著上網搜尋，但沒有不惜與外人接觸也想要做的事情，接著突然發現自己很矛盾，我到底是想要與人接觸，還是不想要與人接觸啊。

理智上很清楚，人際關係有好的一面也有壞的一面，至今不也都是這樣嘛。

但一直無法踏出第一步。因為害怕，害怕與他人建立關係，害怕傷人也害怕受傷。

但狀況出現改變，梢子終於去面試超市的兼職了。雖然沒有錄取，但那無庸置疑是往前一大步。

——哦，對自己也太寬容了吧。

……囉嗦。

——明明對別人那麼嚴厲，對別人再更好一點不是很好嗎？

「我很清楚啦」責備自己的聲音如此回答。

靠近居酒屋所在的大樓時，聽到從中流洩出的熱鬧音樂與笑聲，眼前浮現輕鬆自在非常放鬆的人們。梢子心想，但其中肯定也有想要馬上起身離席回家的人吧。

抬頭看這棟三層樓的建築。

相當古舊的外牆，講好聽點就是有歷史感。在便宜連鎖店擴張中還能存活下來，大概因為相當珍惜常客們吧。

轉眼看居酒屋旁邊的停車場，部分鐵絲網圍欄傾斜，擋住了一輛車的停車空間。梢子察覺，這邊大概是梓沙跌落的地方。

再次抬頭看屋頂。

視線有點模糊，感覺有人站在屋頂，梢子眨眨眼，而那邊空無一人。

如果妹妹是跳樓，那孩子打算不對任何人說些什麼就去死嗎？怨言、抱怨、煩惱等等什麼也不留？

——難道不是因為絕望嗎？被親姊姊捨棄的絕望。

背脊竄過一陣寒顫，一股宛如從地面往上攀爬的寒意，從腳底一路往頭頂竄，束縛住身體。

——妹妹是不是孤單一人啊？

心臟一陣緊縮。梢子不管再怎麼樣，至少都還有丈夫。梢子明白，就算無法靠自己的力量站起來，如果是為了他人就能辦到。

梓沙身邊真的沒有其他人了嗎？

如此一想，突然想到父親曾說過的話。

——她放假時似乎也會外出。

去哪？以及……和誰外出？

「她不是孤單一人」或許只是梢子的一廂情願，或許根本沒有「某人」存在，梢子想要相信，梓沙身邊也有「某人」。

——去找出來吧，找出那個「某人」。

——結果妳最疼愛的還是妳自己嘛。

梢子忽視這個聲音邁開腳步，用力踩踏在堅硬的水泥地上，走回公車站。

後悔也無濟於事，會一逕哀嘆著過去的事情，是因為根本不想往前邁進。

動起來。

動起來。

動起來。

總之，往前邁進。

無法永遠保持清廉潔白，即使如此，還是非得往前邁進不可。

不管誰說什麼，梢子都想要知道。

——想知道梓沙身上發生了什麼事情。

想知道。只有這點真實無偽。

「姊姊！等等我！」

後頭傳來女孩的聲音，梢子嚇得轉過頭去，一個國小中年級左右的女孩從她身邊跑過去，走在前方的少女邊抱怨「妳很慢耶～」邊牽起女孩的手。

梓沙以前也是這樣依賴著梢子。

只有這個維持住梢子的自尊。確實曾有過這樣的時光。

一回到家，起居室裡不見母親身影。有察覺到母親應該在寢室裡，但梢子沒有喊她。雖然知道母親很希望有人擔心她，但梢子就是不想做。

——她希望有人擔心因為擔心女兒狀況而身體不適的自己，希望有人替她去除不安。母親就是如此想著。

結果母親還是最愛她自己，而梢子苦笑著自己也是相同。她深深感覺到，其實自己與母親十分相似。

梢子在自己房裡放下東西後悄悄打開梓沙的房門，發現與半年前的印象大為不同，東西少了許多。簡單來說，就是跟梢子的房間很像，並非沒有物品，但幾乎沒有生活感。

打開房裡原有的衣櫃，架子上只掛著幾件白襯衫，這肯定是要穿去書店上班的衣服……衣服非常少，彷彿整理完旅遊行李之後的衣櫃。

——梓沙該不會是有了家裡以外的容身之處了吧。

梢子小小地確定了這點。

環視房間想找出其他線索，接著看見書桌。從小學時就買來的書桌就這樣坐鎮在房間角落。

手擺上最上層的抽屜，但抽屜卡住動彈不得，這層抽屜上鎖了。第二層以下的抽屜可以輕鬆打開，但裡面空無一物。

第一層抽屜裡大概藏著些什麼，但如果強行打開，之後可能會被梓沙發現。梢子決定先放棄，接著看向牆邊的收納櫃，在梓沙喜歡的奇幻類電影的ＤＶＤ之中，夾雜了陌生的ＤＶＤ。

輕輕抽出來一看，是坂本卓也導演的作品《激昂》，二〇一九年製作的電影。

這是獨立電影的ＤＶＤ，而梢子也認識這位導演。他是梓沙童星時代，在地方上活動時認識的影像製作公司的導演。聽說他平常不只拍電影，也製作廣告影片，而當時的坂本還是大學生。

梢子不曾對任何人提過，其實她曾經偷偷喜歡坂本。但這份記憶和灰暗的記憶緊密相連，所以可以的話，梢子不想回想起這個。

這是今年製作的作品，表示梓沙和他見過面並從他手中收下這個囉，還是是從哪裡買來的呢？

梢子回到自己房間，在手機小小的畫面中輸入坂本的名字和作品名稱搜尋。出現的第一筆搜尋結果是坂本的推特，梢子壓抑高揚的心情，深呼吸。

推文主要是他自己的活動內容，更新頻率並不高，所以立刻就可以知道他一個月前舉辦了電影新作的上映會，並且在會中販賣ＤＶＤ。他也計畫將在網路販售，但目前沒有購得方法。

梢子背靠在床邊坐著，感覺舊傷陣陣作痛。平常都佯裝沒有看見，但傷口會因為意外的事情突然裂開。

——為什麼我的容貌和梓沙差距這麼大呢？

這是個思考也無濟於事的事情，但總會突然思考起這件事。

——如果梓沙和我的容貌對調呢？

手機螢幕突然轉暗，映照出一張毫無生氣的臉蛋，梢子不禁對這過於陰沉的表情苦笑。但這就是真正的自己，感覺只要一放鬆，就會被不安、焦躁與孤獨吞噬，再也無法重新站起來。

「得努力才行啊。」

喃喃自語之後，自問「努力什麼？」不是一直以來都很努力嗎？不是拚命想要成為自己以外的人物嗎？即使如此，還是覺得不夠。不管什麼都好，得動起來才行。如果不這樣做，就會腳底生根再也無法動彈。

按下冰冷手機的Home鍵，顯示出坂本卓也的推特頁面。頭像是坂本自己的照片，大概是某次拍攝中的側拍照片吧，沒看鏡頭的笑容和以前幾乎沒變，改變的頂多只有多了鬍鬚這點吧。

梢子不知道他的聯絡方法。

百般煩惱之後，決定寫信給他在個人檔案上載明的郵件信箱。

〈標題：好久不見，我是高見梢子。

突然寫信聯絡，還請見諒。我是高見梓沙的姊姊，梢子。久疏問候了，不知你過得是否安好。

其實梓沙現在受傷正在住院。

我在尋找有沒有人知曉梓沙最近的狀況時，偶然想起坂本先生的事情，所以才會聯絡你。如果你最近有見到梓沙，不管什麼小事都好，可以告訴我當時的事情嗎？

在年底繁忙之際打擾真的很不好意思。〉

在文末寫上手機號碼與電子信箱地址後按下傳送。明明就是毫無情調的文章，但宛如寫情書般的興奮與害羞讓梢子好想大聲尖叫。

鑽進被窩中把臉埋進枕頭裡，努力忍耐。我已經不是當時的我了，沒事、沒事。

等待大腦退潮般慢慢平靜下來，但腦內的喧囂遲遲無法沉靜，反而喚醒當時的記憶——海水的氣味，海風沙沙的觸感，亮白耀眼的陽光，一望無際的藍色大海，以及染上夕陽豔紅的天空。坂本拉她起身的大手，纖細漂亮的手指。

那時，是梢子生平第一次想要變成梓沙。

第一次，嫉妒妹妹。

天使般的可愛嬰兒，奇蹟似地長大成可愛的女孩。

透亮的白皙肌膚，淺褐色玻璃般晶亮的眼睛，隨風飄逸的秀髮，絕不豔麗卻令人無法忘懷的笑容。

儘管有吸引眾人眼光的容貌，妹妹卻非常怕生，總是躲藏在梢子身後。

——我要和姊姊一起。

升上小學六年級之後，妹妹仍然全心依賴姊姊。

梓沙當時是當地經紀公司的旗下藝人，參與當地電視廣告或平面廣告演出時絕對都要梢子陪同，而母親也視此為理所當然。

如果要陪妹妹參與拍攝工作，就會忙得沒時間和朋友出去玩。而且母親徹底要求梢子的課業，讓她加倍忙碌。

即使如此，只要一到工作現場就會得到工作人員誇獎「妳真是個好姊姊耶」，感覺還不賴。梢子感覺，妹妹沒了自己就什麼也做不到。

認識坂本卓也當時，他還是個正在學習影視的大學生。

坂本透過共同認識的朋友，提出希望梓沙可以參與他獨立製作的電影演出的邀約。他說他在看了電視廣告後，希望梓沙務必可以演出。

在那之前，梓沙雖然有平面模特兒及電視廣告等短片演出的經驗，但從未接觸過正式戲劇表演。梓沙很堅持自己「做不到」，但母親很有幹勁，或許能以此為契機擴大工作範疇，母親無法停止自己的慾望膨脹。

——如果姊姊陪我去。

梓沙當時也以此為條件。

拍攝工作利用暑假期間進行，當時的記憶隨著陽光、土壤回嗆的氣味以及海潮氣味一起鮮明地回憶起。但與回憶起的耀眼光景相反，梢子的心情沉入谷底。

一開始沒梢子陪在一旁就會緊張的梓沙，也在拍攝工作進行一週左右後開始和坂本與其他夥伴們熟稔起來。和平常工作時不同，大家年齡相仿也帶來正面效應吧，她開始看見梓沙休息中和大家談笑的身影。

但看見這一幕，不知為何梢子感到很不是滋味。妹妹可以自立明明是件好事啊，梢子不解自己為什麼會如此消沉。

而不知是好還是壞，告訴她答案的人就是坂本。

那天在海邊拍外景，這小旅行的感覺也讓梢子有點開心，當時比起陪伴妹妹，梢子更期待可以見到坂本。

只要喊著「早安」，坂本就會對她們露出滿臉笑容。他身形高䠷修長，只是牛仔褲、

T恤打扮就很有型，雖然也有稍微冒失的地方，但總是相當努力。

那是梢子的初戀。

而那個瞬間，在拍攝結束後突然降臨。

在工作人員收拾器材，等梓沙換衣服時，天空和海面都染上夕陽紅霞，也就是俗稱的「魔幻時刻」。

「還真漂亮耶，拍下來當插入畫面使用吧。」

坂本對拿攝影機的工作人員如此說，便輕巧爬上堤防。視線追著他跑的梢子心想「他腳還真長」時，坂本突然轉過頭來和她對上眼。

被一臉認真的他盯著看，梢子認真覺得自己要窒息了。

「梢子，過來吧。」

他伸出右手。

梢子至今也無法忘懷牽起他的手當時的興奮感，簡直跟情侶一樣。國三的梢子，這時第一次碰觸異性的手。

坂本輕鬆將梢子拉上堤防，對她說「真美呢」，梢子光回應「對」就已經耗費全力。

雖然手已經放開，但現在是想碰觸就能碰觸的距離。梢子無法看向身旁，他的體溫從左側傳來。

「梢子。」

坂本喊她，於是她抬起頭。想要和他對上視線，就得將頭仰高，讓她覺得他真的是個大人。

「從下次拍攝開始，妳可以不用來了。」

梢子的笑容僵在臉上，但坂本似乎沒有發現，接續說下去。

「只要姊姊到現場，梓沙怎麼樣都會分心，她好像已經和我們熟悉許多了，我想妳應該也很忙，所以妳可以不用來也沒關係了。」

——不需要我。需要的，只有妹妹。

坂本似乎沒有自覺他說出多麼殘酷的話。而梢子領悟了，現在的自己只是妹妹的附屬品，總有一天不需要她。

宛如肚子被痛毆一拳的痛楚讓她只能小聲回應，記得自己應該回了「這樣我就能念書準備大考了」之類的話，坂本則直率相信她所說的話，笑著說「這樣啊，那太好了」。

其實早已隱約察覺了。

只要妹妹受到越多誇獎，梢子就越感覺自己被瞧不起，彷彿正在被否定「妳並非如此」。

就連母親都不肯認同梢子了，其他人怎麼可能認同。不管妹妹多需要梢子，都無法保證妹妹永遠需要她。總有一天會迎接結束。

——我得成為我自己才行。

梢子唯一懂的努力方法只有念書，很諷刺的是，這也是母親唯一賦予她的方法。在解問題時，可以只專注在解題上，忘記胸口的疼痛。

梢子沒有去參加在大學裡舉辦的電影上映會，因為她無法忍受見到坂本，也無法忍受看見他拍下的妹妹。之後才從母親口中得知，他們拍的電影在獨立電影的影展上獲獎了。

沒過多久，母親就帶著梓沙上東京，說要正式讓梓沙從事演藝工作。不知是坂本的電影太好了，還是很久以前就有這個想法。

父親一開始很反對，但他也明白母親只要一說出口就決不退讓的個性，最後還是同意了這個分居生活。或許該說「放棄了」更正確吧。

那時妹妹也說了「我不要，我要和姊姊在一起」，但梢子……

——妳差不多該試著自己努力了。

如此說著推開了妹妹。

那句話不是為了梓沙說，而是為了自己說。

繼續和妹妹在一起，看見她所有一切都贏過自己讓梢子非常痛苦。

仔細回想起來，當時梢子就已經捨棄過妹妹一次，她沒想到妹妹在東京竟然會遇到那種事情。

明明已經不想再經歷相同後悔了啊，但梢子又重蹈覆轍了。

+

在第一次造訪的車站下車，梢子從大衣口袋中拿出手機。

〈我現在抵達車站了。〉

輸入這句話後傳送訊息，月台上空無一人。

只不過搭電車幾十分鐘，車窗外的綠意變得濃郁許多，漸漸的開始可以在道路旁看見積雪。

空氣冰冷，刺得臉頰疼痛。

走過收票閘門，站在木製的長椅旁時，收到坂本卓也傳來的訊息。

〈了解！我現在去接妳。〉

如同朋友般的對話讓梢子心痛。

凌晨四點收到坂本的回信。梢子睡得很淺，因為手機震動醒過來，一時之間分不清是夢境還是現實。

〈好久不見，謝謝妳聯絡我。

我最近才和梓沙見面，聽到她受傷住院嚇了我一大跳。

如果妳方便，要不要見個面聊聊。

我今天一整天都會待在辦公室裡工作，如果妳能到最近的車站來，我可以去車站接妳。〉

文末還附上公司官方網站的網址。

梢子曾聽母親提過，坂本設立了影像製作公司，身為公司負責人及導演相當忙碌。

梓沙除了小學時第一次參與演出的電影之外，另外還曾拍過坂本的另一部電影。那是她高中畢業後一年左右，但她不是主演，只是以臨演身分參與一天的拍攝而已。當時梢子也極力避免和坂本碰面。

梢子緊張到忘了呼吸。

——我沒有得到他的認同。

梢子不想讓他知道自己受傷的事情，對方一點錯也沒有，這是梢子自己的問題。

坂本大約十分鐘就到車站了，白色的Hiace停在路邊。

「辛苦了！」

明明是第一次見到成人後的梢子，但坂本毫不迷惘地朝她搭話。

「快上車，很冷對吧。」

他打開副駕駛座的門，朝她招手。從當時算起來，現在的他應該三十五歲上下了吧，但和善的娃娃臉和對人親近的態度與當時完全相同。

「突然聯絡你真的很不好意思。」

坐上副駕駛座後向他低頭。

「不會，我很高興啦。但妳真的長大了耶，我也變老了啦。」

坂本邊說邊開動車子。

低沉又響亮的聲音令人懷念，以及這過分愛裝大人的態度也是。

國中生那時，大學生看起來就是大人，但現在回想起來，兩人也只差六歲，長大成人之後就覺得沒太大差異。

「梢子現在在幹嘛啊？」

「啊，我半年前結婚了，現在住在東京。」

坂本睜大眼說著「真的假的」，感覺只有在此時看見他真實的一面。

「哇，沒想到我會被妳趕過去耶。」

「……坂本先生結婚了嗎？」

梢子邊說邊看向他握著方向盤的左手，那修長的無名指上沒有戒指。
「哎呀，我工作不穩定，很難結婚吧。」
他一笑，眼尾擠出細紋。
「坂本先生感覺很受歡迎耶。」
「是嗎？不對，我實際上很受歡迎喔！但實際上交往之後，就會出現『我和工作到底哪個重要？』的狀況。」
原來如此，梢子無意識地點頭。
「妳先生呢？做什麼工作？」
「他在出版社工作。」
「哦～」坂本用力點頭，
「編輯嗎？」
「……對，之前是業務，但換了部門，現在是編輯。」
「我對那個業界不太了解，但給人很忙碌的印象耶。」
「感覺影像業界也相當忙碌。」
梢子說。
「妳還真清楚，真的每天都快忙死了。哎呀，人生真難啊。」
梢子笑著說「就是說啊」點點頭，這輕鬆的語調讓人莫名舒服。沒想到有天能這樣自然地與坂本對話，確認自己不緊張之後安心了，初戀完全結束了。

坂本的辦公室位於車程五分鐘左右的地方。

那是隱身民宅中的攝影棚，建築物本身相當老舊，但深綠色屋頂很可愛。

「其實現在正在打掃中，不好意思，裡面很亂。」

坂本邊開門邊說。

「在繁忙時來打擾真的很不好意思。」

「沒有，已經快要忙完了，完全沒問題，反而要說時機正巧，要是再早一週，我大概抽不出時間來，就是年底最後一波工作那時。」

坂本邊說邊指著沙發。

「坐下吧，我去拿什麼飲料出來。」

「啊，請別費心。」

不知有沒有聽到梢子的聲音，坂本沒有回應，從他背後可以聽見他把即溶咖啡放進馬克杯中的聲音，梢子就坐在沙發上看著他的身影。坂本身材雖然苗條卻沒有瘦弱感，體型看起來和以前沒太大變化，但現在有種褪去青澀的感覺。

「請用，如果想要甜一點，也請自己來。」

坂本把白色胖胖的馬克杯和糖包放在矮桌上。

「謝謝你。」

梢子稍微思考後，把糖全加進馬克杯裡，雖然應該會太甜，但她覺得只留下一點也很不好意思。

「然後，妳說梓沙住院了？怎麼了嗎？是出車禍還是怎麼樣呢？」

坂本在對面坐下，手拿著和給梢子用的相同的馬克杯，喝著咖啡。

「……其實，她從屋頂上跌下來，現在還沒有恢復意識。」

梢子的聲音有點破聲。

坂本喊了一聲「咦」之後，愣了幾秒鐘。

「……那是，意外？還是……」

他說到一半就沉默了。

梢子非常清楚他想要說些什麼。

——該不會是自殺吧？為什麼？發生什麼事了？

坂本肯定這樣想。

「我也不清楚，真的不清楚。我結婚之後完全沒有和她聯絡……連她最近有沒有交到要好的朋友也不清楚，然後我在她的房間裡發現了你的電影的ＤＶＤ。」

梢子從包包中拿出ＤＶＤ放在桌子上。

「你說你最近有見到她，請問是這部電影舉辦上映會時嗎？」

坂本「啊啊」地點點頭。

「真的就是最近，大約一個月前吧。」

「請問你有頻繁和我妹妹聯絡嗎？」

梢子一問，坂本搖搖頭。

「沒有，上映會那時也是好久不見。我這次暌違幾年又拍了電影，所以就寄了廣告宣傳單給我至今認識的所有人，梓沙說她是看到那個之後才來的，除此之外沒和她聯絡過。」

原來是這樣啊，梢子有點失望。如果妹妹和坂本在自己不知道的地方還有聯繫，那不知道該有多好。

「……我覺得，我妹妹可能有和她相當親近的人。」

梢子小聲說。

「我很想要相信她不是自殺，那只是意外……我很想要相信，她身邊有讓她覺得不能就這樣死的人存在。」

就算說這種事情，也只會讓坂本感到困擾而已。梢子感受著這點也無法停止開口，他明明是久違重逢的人啊，明明是幾乎沒說過什麼話的人啊。

但或許正因為他幾乎可算完全陌生人才有辦法說出口，他不會過度沉重接納這件事，明天也會好好走在自己的道路上。梢子心中有著這類信賴。

「……我覺得她應該不是一個人。」

坂本邊搓下巴邊說。

「我和梓沙真的只說了幾句話，上映會結束之後目送觀眾離開時，稍微打個招呼而已。她來找我說話時只有一個人，但我之後遠遠看到她和誰一起走出去。」

「真的嗎？那是怎麼樣的人？」

梢子不自覺提高音量。

「……是男性，年紀大概和梓沙差不多。」

梢子重複「男性」，她只能想到一個人。

梢子不知該說什麼才好而僵住，沉默在兩人之間蔓延。

「……雖然這樣說，但真的只有一瞬間而已，比我年輕的人大家看起來都差不多，所以我也不確定。」

坂本拿起馬克杯如此說道。

「……你說得好像自己很老一樣。」

忍不住脫口而出後立刻低頭說「不好意思」道歉，坂本露出鬆了一口氣的微笑。

「我大妳六歲，已經是大叔了。就算喝提神飲料，熬夜還是很痛苦，但有時不喝個睡前酒又睡不著。」

此時從門口傳來「累死了~」的聲音，視線轉過去，只見一個和坂本差不多的高䠷男子走進來。

「咦，有客人？」

梢子點頭致意後，男子也脫下帽子點點頭。

「你不記得嗎？是梢子，梓沙的姊姊。」

坂本說完後，他大聲驚呼。

「什麼？哇，真的假的啊，但當然的嘛，我也變老了啊。」

這和坂本相同的反應讓梢子不禁噴笑。

「太好了，妳笑了。」

突然發現坂本看著她笑彎了眼。

「我想妳現在應該很難過，但露出悲傷表情也無濟於事，我們只能做能力所及的事情。」

明明臉帶微笑，坂本眼中卻沒有笑意，讓梢子挺直了背脊。

對啊，坂本不是個單純只有溫柔的人。他不允許有人停滯不前，也是最嚴厲對待他自己的人。

梢子回想起陪梓沙一起到電影拍攝現場的事情。梢子曾經不小心弄倒攝影機的三腳架，幸好器材沒有損傷，但梢子不管怎麼道歉都無法釋懷。

——對不起，我不是故意的。

其他工作人員都要梢子別在意，只有坂本口氣嚴厲。

——妳別老想著責備自己。

梢子現在仍記得身體一僵的感覺。聽到他的話之後，這才第一次發現她總是擔心著自己，羞得想找個地洞鑽進去。

梢子喝完咖啡，起身朝坂本一鞠躬。

「謝謝你告訴我這些，我該離開了。」

「我才要謝謝妳通知我，我送妳去車站。」

坂本起身後，拿起馬克杯朝房間角落的洗碗槽走去。

「啊，但是……」

梢子稍微看了戴帽子的男子一眼。

「妳不用擔心我，讓他送妳過去吧，這一帶交通很不方便。」

男子如此說道。

坂本留下一句「那我出去一下」便走出門外，梢子點頭致意之後也跟在他後面走。

「不好意思，你們應該是要討論工作之類的吧？」

梢子問道。

「別擔心，那傢伙也有自己該做的事情，而且不是要談工作，是要講製作獨立電影的事情。」

坂本邊說邊坐進車裡，梢子也坐進副駕駛座。

剛剛還覺得和坂本互相敞開心胸了耶，但現在又察覺自己完全不明瞭坂本。明明只差六歲，現在深刻感受到坂本比她大了六歲。

他非常成熟，平常都悶在家中的梢子根本無法與之比擬。體貼對方的同時也明白說出自己的意見，且對此毫無恐懼。

偷偷看了他的側臉，梢子心想，這大概源自於做自己喜歡的工作的自信心吧。因為他在相信的道路上成功了，因為他身處理想的環境中，所以才能不受到身邊人的影響。

「……感覺你工作得很開心。」

梢子小聲說後，令人意外的，坂本微微皺臉笑了。

「嗯……因為是自己選擇的道路，我不太想要抱怨。但因為是工作，也是有很多難處。」

雖然他語調開朗，但話中隱藏的並非開朗話題。

「……舉例來說？這我方便問嗎？」

車子在紅燈前停下。坂本邊說著「這個嘛……」邊從儀表板上拿出口香糖，遞了一顆給梢子。

「我們的工作基本上有客戶才成立，就算我們覺得這樣做比較好，也會因為對方的意見而全部翻盤，所以也常常被弄得昏頭轉向。」

梢子微微點頭，請他繼續說。

「舉例來說，我們和負責窗口討論後決定廣告的主題為『知性』，這是符合客戶窗口意見的主題。」
「嗯。」
「我們為了要在預算內最大限度表現出這個主題，建立企劃案，拍攝，接著剪接。途中也要邊跟負責人確認，製作廣告影片。負責人看完之後也對我們說他覺得很棒。」
燈號轉綠，坂本踩下油門。
「但最後通知我們『還是請全部重做』，那問題來了，到底是發生什麼事情了呢？」
「什麼？」梢子愣住了，腦袋無法運轉。得回答些什麼才行，梢子打開自己的記憶抽屜，回想在書店裡工作時的事情。
——明明過程相當順利，卻在中途前功盡棄。
——不講理的對待。
在腦中喃喃自語後突然想到了，她和在其他連鎖店工作的書店店員們聊天時建立了某個企劃，想要舉辦一個超越店與店的藩籬的商品展。每家店負責文庫本的人各自選出自己推薦，但平常不會擺設在店裡展示平台上的書，然後設置一個專區。
梢子當時也熱烈討論，彷彿想要發洩平日的不滿。
——想要做個沒有任何人做過的賣場，不覺得現在就算每個人負責種類的書籍商品架很有個性，但店裡最顯眼的展示平台每家店都看起來差不多嗎？就算是熱銷書，但只擺那些暢銷榜的書籍一點也不有趣啊，有種根本什麼也沒想的感覺。

在這邊的書店店員大家全都是資深店員，跟最近才進來的新人不同，很有經驗。我覺得要是能充分活用這份智慧創造出那樣的賣場，肯定超棒。

雖然嘴上這樣說，但梢子自己也不清楚那到底是怎麼樣的賣場，只是當成玩笑話而已，但英子表示……

——這主意真不錯，我們來做做看吧。

說完後寫企劃，整理成完整文件之後向店長提案。

店長一開始雖然很不情願，但最後還是說著「好吧，妳們試試看吧」同意了。應該是英子製作的文件和梢子平時言行優良帶來的效果。因為平常幾乎來者不拒，所以店長也願意接受她們稍微為難的要求。

他們原本打算聯合好幾家出版社，請出版社製作促銷用商品及商品展專用的書腰。

但就在此時，企劃被喊停了。

「……上級不願意點頭？」

梢子一回答，坂本說道。

「答對了！負責人把完成的影片拿給上司確認，然後上司說了『再弄得更活潑開朗點比較好吧？』」

梢子無言，因為如果這樣想，那……

「妳會覺得幹嘛不一開始就說，對吧？」

坂本說出梢子心中的想法，她點頭贊同。店長當時一開始也說好，所以才開始行動，但一想到要去跟總公司報告就覺得麻煩，於是便喊停了。

「我也這樣覺得，就是『不對不對，整體印象完全不同耶！』但是啊，對方是客戶，負責人也很抱歉地不停道歉，也不能不想辦法幫忙解決……因為是工作啊。」

無法接受，心中充滿想大罵「那是你們的問題吧」的心情，但坂本肯定這樣想——就算生氣也無法讓事情有所進展。

「但我們已經拍完影片用掉預算了，租借器材、聘請演員，已經全部做完了。對方無法追加預算，所以也沒辦法重拍，但又無論如何都得完成才行。」

「結果怎麼樣了？」

一問之下。

「這就只能靠我的剪輯能力了啊！」

坂本笑道。

「簡直就是地獄，因為還有其他工作，我拚命擠出時間來，絞盡腦汁，總動員我所有經驗！好不容易重新做出活潑開朗的版本……因為我是專業的嘛。」

梢子單純想著「太帥氣了」。不受奇怪的自尊心影響，盡當下最大努力，看似容易其實很難做到。

「而且啊，我也有員工，得要靠工作報酬付薪水給員工，大家都得生活啊。所以身為公司經營者，只能切割清楚。」

這句話刺痛了梢子。

梢子自己完全沒有切割清楚，至今不知遇過多少拘泥於自己的自尊心與心情，而無法專注在工作上的狀況。

坂本繼續對無話可回的梢子說道。

「但是，也是有很快樂的瞬間喔。像是和很棒的人合作後讓人感覺很充實的工作，或是對方很開心我們做出來的東西超越他的預期等等。如果被不好的事情困住就會感到很討厭，所以把這些好事放在心中，每天持續努力。就是這樣啦。」

「是的。」梢子點點頭。

「因為工作這東西，無法百分之百做自己想做的事情……所以我才會拍電影吧。」

梢子抬起頭看坂本，他直視著前方。

「只要自己當導演，所有事情都能照自己的意思來做對吧？當然啦，也因此得負起該負的責任。但如果這變成工作，又會變得完全不同，像得考慮贊助商的意見之類的。其中會參雜多方意見，被迫變更許多東西，根本無法考慮到作品品質等等的。」

坂本喃喃自語說：「哎呀～人生真的很難但也很開心呢。」

梢子也覺得很難，但並不覺得開心，不禁嘆氣自己仍然只是個孩子。

——丈夫肯定也和梢子同樣不覺得開心吧。

不一會兒抵達車站，坂本又再說一次。

「謝謝妳聯絡我，應該很多事情很辛苦，但也要放鬆一下。如果不介意的話請看看我的電影，然後告訴我感想。也替我對梓沙說，要請她告訴我感想。」

坂本說到一半，注視著一點沉默下來，梢子開口問：「怎麼了嗎？」

「……我覺得，梓沙應該不是自殺吧。」

「咦？」梢子看著坂本，他抬起頭看向梢子。

「其實梓沙對我說過，她最近有個驚喜要向我報告。」

梢子心跳加速。

「就在我要她告訴我電影感想時，她對我說，近期有個驚喜要向我報告，到時一起告訴我電影感想……但是啊，我還沒有聽到她的報告也還沒收到她的感想。」

獨自一人在完全日落後的月台上等電車，因為距離發車時間還有二十分鐘左右，坂本原本提議要她在車上等，但梢子拒絕了。梢子希望他可以早點回公司，最重要的是她想要獨處整理思緒。

空氣冰冷刺痛肌膚，但這是整理思緒所需的寒冷。在長椅上坐下閉上眼睛。

感覺今天一天見到了許多梢子不知的梓沙。
——有位男性和她一起去參加上映會。
——梓沙預定要報告驚喜的事情。
把這兩點組合起來之後，自然而然就得出答案了不是嗎？
……舉例來說，梓沙已經預計要和那個人結婚了。
張開眼睛，看著無名指上的結婚戒指。一顆小小的鑽石，和半年前相同閃耀光輝。設計簡單，但可以搭配任何服裝。
梢子還清楚記得戴上戒指的那一瞬間，那太過隆重，讓她自豪。她心裡想著「這樣一來就沒問題了」。
戒指的名字是「Eternity」——永遠。
不管是哪對情侶，在剛開始交往時，應該都想著這次肯定能「永遠」持續下去。戀愛就是這樣的東西，會讓人感覺自己和別人不同，像是種疾病般的東西。
其實梓沙早梢子一步，先談了這樣的戀愛。梢子感覺那真的就是病，而如果沒有那段戀愛，妹妹或許沒有辦法繼續堅持下去。
梓沙升國中那年，母親和妹妹一起到東京開始演藝工作。與之同時，梢子也和父親開始過起兩人生活，老實說，梢子只有那兩年過著無比自由的時光。沒有母親與妹妹的生活，就是如此巨大的改變。

雖然梢子得代替工作到很晚才回家的父親包辦所有家事，但光沒有母親干涉，就讓她感到十分輕鬆。

——快點去念書，因為妳長得不好看。

母親不停對她說的這句話，不會因為母親離家就立刻忘記。但因為比較對象的妹妹也不在，梢子不需要品味這份悲哀。

母親說會干擾她念書，所以之前只允許她看電視新聞和ＮＨＫ，就像要補償之前沒看的份，梢子卯起來狂看連續劇、綜藝節目與資訊節目。

國小、國中時因為無法參與同學們的話題，遲遲交不到朋友，但在她上高中之後，終於能追上同年代的同學們的流行了。

最開心的就是，朋友們像在互相競爭般借漫畫給梢子看。

和電視相同，母親說會干擾她讀書，只願意買《櫻桃小丸子》或《哆啦Ａ夢》這類完全沒有戀愛色彩的漫畫給她。所以當她第一次看到描繪與自己同年代的少女的戀愛故事的漫畫時，梢子有點受到衝擊。內容太過刺激了，同時也讓她產生強烈憧憬。

班上中心人物的同學們講著交往、告白之類的戀愛話題，發出尖叫聲的她們和自己宛如兩個世界的人。

——這種事情不可能發生在我身上。

正因為對強烈光輝憧憬，才無法不感受到自己有多陰沉。那時梢子已經明顯認知她們與妹妹和自己不同，自己沒有她們那種光彩與可愛。

但是，沉浸於故事中時，可以遺忘自己的樣貌。

不管遇到多痛苦的事情，絕對都能跨越難關，受到男主角喜愛，會迎接喜劇結局，接著可以永遠幸福。故事讓她如此相信。

而破壞這幸福的時光，將梢子拉回現實的總是梓沙。

在母親干涉減少之時，與之成比例的是，妹妹不停打電話給梢子。為了可以隨時與父親取得聯繫，所以梢子也被允許擁有手機，但最常打這支手機的人就是梓沙。

——我想要回家了，我不想要當藝人了。

每次聽到妹妹如此抱怨，在鼓舞她「妳真的很努力了」的同時也在心中否定「妳還算不上是藝人吧」，因為在電視和雜誌上都不曾見過梓沙啊。

「她到底在東京幹嘛」的憤怒與「希望她就這樣別回來」的願望交雜，結果梢子還是只能鼓舞妹妹，因為她不想引起爭執。

所以和朋友偶然走進書店看到那本雜誌時，梢子嚇了一大跳。

班上男生站在雜誌區前看著什麼東西吵吵鬧鬧，朋友開口問「你們在看什麼？」他們喊著「沒看什麼啦」然後把雜誌丟回架上離開書店。

——哇，糟透了，他們在看這種東西耶。

朋友皺起眉頭但也參雜些許笑意喊了梢子，因為她聲音很小，梢子一開始還沒發現她有說話。

那是演藝類的雜誌區，朋友拿起某本雜誌給梢子看。雜誌封面用色特別鮮豔，立刻知道這是不太正經的東西。但下一個瞬間……

——是梓沙。

兩個少女在封面上微笑，右邊那個就是妹妹。但梢子無法直視而轉開視線——她們身上穿著非常小件的白色比基尼，互相擁抱緊貼彼此的身體。

尚未膨脹的單薄胸部以及無邪的笑容，梢子瞬間理解這些全都是為了滿足男人的慾望而展露，她忍下湧上的反胃感，皺起臉說不想看。

——平常都不會擺這種東西的耶，真令人討厭。

梢子邊回朋友「超差勁的」，邊努力保持平常心。

還只有國中的梓沙，真的有正確理解大人要她做這些事情的意義嗎？她確實理解性行為這件事嗎？

就連梢子也很難明說自己理解，但是對自己來說，那應該是在將來會遇到的幸福事情。對妹妹來說又是如何呢？會不會變成她不想思考的事情了呢？會不會變成令她厭惡的慾求呢？

這是梢子第一次主動打電話給妹妹。

因為不能被母親聽到，所以梢子事前傳訊息給妹妹說有事情想和她說，問出可以兩人單獨講電話的時間。

妹妹指定的時間是深夜一點，梢子問「那種時間沒問題嗎？」妹妹回「那時候，媽媽應該喝得爛醉在睡覺了」。聽到不擅喝酒的母親喝到爛醉，讓梢子心情受到影響。

深夜，梢子瞞著父親跑到附近的超商去。她絕對不想讓父親聽到，就算她會因為偷跑出去被罵，但不可以讓父親，讓男性知道那張照片的事情。

梢子在超商停車場的角落打電話，才響一聲梓沙就接起來了。

——怎麼了嗎？好難得看姊姊打電話給我。

或許只是梢子想太多，但她覺得妹妹的聲音在發抖。

——我今天去了書店。

只是說出這句話，就聽見妹妹吞口水的聲音。

——我看到妳當封面的那本雜誌。

說完的一瞬間，梢子全身發抖，自己做出多麼殘酷的事情啊。梢子緊緊抿唇，忍受著不安。

梓沙沉默了一段時間，梢子想著自己是否該繼續說話，但如果繼續說感覺會傷妹妹更深，一句話也說不出口的時間延續著。

——妳現在在哪？

先開口的人是梓沙。

——超商的停車場。

——7-ELEVEN的？

——對。

——我們一起去那邊買限定的冰耶。

——對啊。

發現妹妹想要轉移話題，就在梢子決定要徹底閒話家常的瞬間。

——經紀公司的人對我說只是拍泳裝照而已。

「嗯。」梢子應和。

——他們說大家都在做所以沒問題，沒什麼大不了的，所以我也努力讓自己這樣想。其實我很討厭穿學校的泳裝也很討厭比基尼，但其他人也這樣穿，所以我努力讓自己想著沒什麼大不了。

梢子好想打斷梓沙的話，她說「努力讓自己想」，也就表示她不這麼想。

——大家都在攝影師誇獎下擺出各種姿勢，攝影師一直說很可愛喔，很棒喔，腳再開一點。看見大家情緒高昂拍得很開心的樣子，我的心情也越來越消沉，但也想著不可以這樣……所以才會扮演很配合的人，讓自己想現在在這裡的不是我而是別人。

毫無情緒的聲音，沒想到妹妹會發出如此冰冷的聲音讓梢子害怕起來。

——那之後的事情我記不太清楚，只想著，總之結束了真是太好了，我可以解脫了。但是……

「但是？」梢子忍不住回問。

——但我看到雜誌之後嚇了一跳，一想到自己做出這種打扮就覺得很噁心。公司的人有誇獎我，說像我這樣黑長髮看起來很清純，很誘人。說有些男人就喜歡還沒長大的身體……之後我就開始覺得自己的身體很噁心，覺得大人很噁心。

從妹妹口中聽見的話全讓人痛心，梢子好想把手機砸在地上。

梓沙現在會遭遇這種狀況，全是因為她太美了。梢子曾經嫉妒她的容貌，但結果竟是如此。

思考，思考，快思考。

該怎麼樣才能拯救妹妹？

接著得出答案。

——聽好，妳聽我說，可能會被媽媽罵，但我想這肯定可以讓妳回來這邊。

接著梢子向梓沙獻計。

電車進入車站，車門打開。

一上車，車內暖氣的溫暖讓肌膚稍微發癢，這才發現原來外頭那般寒冷。

——和梓沙在一起的男性，是支持她的人嗎？

是不管發生什麼事情都不會放開她的手的男主角嗎？

在那之後，妹妹身邊出現了如同正義夥伴的男性。但那並沒有「永遠」，和故事不同，喜劇結局不會如此輕易出現。

梢子思索著接下來要調查什麼，看著手機通訊錄猶豫。

如果猜錯了，可能會得到對方「事到如今妳還想要幹嘛啊」的憤怒回應，但她現在只能想到這個方法。

試著聯繫梓沙已經分手的前男友吧。

過去的男主角，也成為現在拯救梓沙的人了嗎？梢子淡淡懷抱著這樣的期待。

——那傢伙真的很沒用。

打開休息室門的瞬間，我聽到這句話而僵在門口。

後悔自己犯下的錯。明明早已確認彼此的休息時間重疊，我幹嘛來這裡啊。但是，我也不知道除了這裡以外還能去哪裡吃中餐。

但我沒辦法走進去，只好走回走廊輕輕關上門。

購物中心裡四處充斥嘈雜的背景音樂與人聲，而且現在還是暑假期間，小朋友的喧譁聲比平常更大，感覺只有自己是孤單一人。

設置在手扶梯旁的沙發上坐滿正在玩手機遊戲的小學生，這裡似乎也找不到自己的容身之處。

不得已只好走出建築物。

溽暑熱氣一口氣加升體溫，襯衫濕黏地貼在肌膚上。至少想找個有陰影的地方坐下來。寵物店門口附近擺放自動販賣機，旁邊的長椅上空無一人。

我在長椅坐下，從包包中拿出甜麵包，這是我昨晚在超市買來的。

撕下一小塊丟進口中，但纏人的甜膩剝奪口中水分，沒辦法好好嚥下肚。用早已恢復常溫的瓶裝茶把麵包沖下肚，嘆了一口氣。

呆呆看著停車場。

看起來相當開心的一家大小，抱著書店的紙袋走出來。

——他們買了什麼呢？

——他們喜歡哪種書籍呢？

開始在書店工作後，只要看到有人拿書就會自顧自地開心起來。雖然是完全不認識的陌生人，也讓人感覺彷彿是同伴般的心情。

不管是男是女、是老是幼，開心看書不分性別與年齡。

只要想到自己就從事提供這份喜悅的工作，自然而然湧上奮力向上的力量。但是。

又嘆了一口氣。

肩膀和後背彷彿背負著重物般沉重，連呼吸都好困難。腦袋昏沉沉，試著思考下午工作的順序，卻一片空白。

但我不能讓最重要的那個人丟臉。

喝光剩下的茶，把寶特瓶丟進垃圾桶。

——加油，加油！

不知不覺中，這已經變成我的口頭禪了。

○第三章○

男主角在哪？

婆婆打電話來的時候，梢子正在醫院裡的餐廳吃午餐。剛好吃完了，梢子把餐盤放到回收區後，拿著東西走出中庭。

「喂，我是梢子，好久沒問候了。」

忍不住邊講電話邊低頭。

「梢子嗎？對不起我這麼晚才聯絡妳，我今天才知道妳妹妹出事。直樹那傢伙什麼都沒跟我講，男生真的很不機靈耶。」

對著連珠炮似說話的婆婆說道。

「我才是，沒有通知妳真的很不好意思。我原本想等到妹妹狀況穩定之後才說，但遲遲找不到時機……新年沒有辦法過去露個臉真的很不好意思。」

找到空長椅坐下來，小小深呼吸。感覺因為暖氣昏沉的大腦稍微被喚醒了。

「妳不用在意我們這邊啦！比起這個，不讓直樹過去妳那邊幫忙沒關係嗎？」

「沒問題，我和父親……還有母親輪流。比起我這邊，請妳讓直樹多多休息，我想他應該很累……在他最辛苦的時候還這樣，真的很不好意思。」

在低頭的同時，看見自己穿著舊的運動鞋。得換雙新鞋才行，但下一個瞬間，「不過我現在沒工作」這無法言喻的無力感襲擊而來。並非沒有儲蓄，只是買雙新鞋根本毫無大礙才是。

即使如此，只是沒有工作就會感到如此不安啊。

「這也不是妳的錯啊，我才要道歉，你們才剛新婚，沒想到直樹竟然……」

梢子打斷婆婆的話。

「直樹沒有錯，請妳絕對、千萬別責怪他，拜託妳了。」

梢子從不曾語氣強硬、清楚明白地對婆婆說話。婆婆和母親不同，是個很能幹的人，面對媳婦梢子的距離感也抓得巧妙剛好。但對於兒子現在的狀況，身為母親果然很擔心，也有無法置信的一面吧。

「……就是說啊，這也不是直樹的錯。」

梢子雖然發現婆婆的聲音轉小發抖，但她沒有提及這點。

「是的。」

婆婆再次強調「總之妳不用擔心我們這邊」之後掛斷電話。

嘆了已經不知道是第幾次的氣之後，閉上眼睛。重壓在身上的情緒，是對許多事情的後悔。那時，要是那樣做、要是這樣做，或許會變得更加不同吧。

婚後不久，丈夫便從業務部門調到文藝書籍的編輯部去。那是他一直想要轉調的部門，梢子也替他開心。但在一個月之後，丈夫開始說起他不想去上班。

一開始以為他只是太累。自從一起生活後，梢子對丈夫工時之長感到驚訝。但有聽他說過，他成為一直想要一起工作看看的作者的責任編輯，所以梢子也不認為是什麼太嚴重的大事。

但當他連在家裡時、放假時都一臉陰沉後，梢子才終於感到不對勁。雖然問了「發生什麼事？」但丈夫只是重複「我也搞不太清楚」等讓人抓不到重點的回應。

或許明天就會有精神了吧，或許今天就會笑著回家。就這樣欺瞞自己，裝作什麼事情也沒發生。梢子不想要重回還住在老家那時，每天都得擔心什麼的生活。這是多麼自私的想法啊，丈夫明明就在眼前露出如此陰沉的表情啊。但仔細想想，丈夫一開始其實曾試圖和梢子說這件事，他邊笑邊說「編輯部的人，大家說話都帶刺耶，和業務部不同，真讓人討厭。」丈夫明明不是個會說他人壞話的人，但梢子沒有察覺到丈夫發出的訊號，甚至在最後還回答他。

——那你反擊回去不就好了。

梢子如此說，她對無法明白反駁的丈夫感到有點不耐煩。

明明自己在工作時也吞忍了那麼多話沒有說出口，卻無意識地希望丈夫可以變得更加強大。

所以丈夫對梢子隱瞞去醫院的事情。

當梢子接到婆婆的電話時，羞得無地自容，感覺自己的不爭氣表露無遺。

丈夫沒有和梢子說，自己去身心科就診。梢子是在婆婆從朋友口中得知這件事打電話給她時才知道的，也是此時才知道丈夫在職場上遇到霸凌。

丈夫前一任負責的編輯，似乎對這次的人事異動相當不滿。丈夫沒犯任何錯也不須負任何責任，他搞錯怨恨對象了吧？而且前一任負責的編輯沒有做好交接工作，因而導致丈夫出錯。

負責的作家向編輯部抱怨，為什麼讓一個完全沒有經驗的人負責他。但丈夫沒有解釋，因為他認為不該讓作家知道出版社內部的紛爭，因此沒有解開誤會，且儘管現任責編是丈夫，作家卻還是會跟前任責編聯絡。

聽說前任編輯還跑來對丈夫說：「都是因為你沒有好好做事，他才會跑來找我，請你振作一點吧。」而且是在大家面前這麼說。即使如此，丈夫還是低頭說著「對不起」道歉。

明明沒有現場目擊，梢子卻能清楚想像出丈夫的模樣。為了保護自己扯出虛假笑容，告訴自己這沒什麼大不了。彷彿像自己被迫承受這種不合理對待，讓梢子無法呼吸。

梢子知道這件事情後，就連「要不要辭職？」也說不出口，因為梢子沒辦法賺足夠的錢養丈夫。梢子為了維持生活而讓丈夫勉強自己。
就在梢子又要再次嘆氣的瞬間，她想起丈夫曾說過的話。
——嘆氣會讓幸福溜走喔，但都已經吐掉了也沒辦法，那吸回來吧，快點。
結婚之前，梢子盡可能不讓自己抱怨工作，但痛苦得無可奈何時，總會無意識地嘆氣。看見梢子嘆氣，丈夫總會這樣說，然後笑著和她一起深呼吸。
自己明明也想要像丈夫對自己做的那樣對待他的啊，卻不知道自己該怎麼做才好。
梢子吸飽一口氣，起身要回加護病房，此時手機響了。
還以為婆婆忘了什麼要說的話，一看螢幕，收到一封來自似曾相識信箱的訊息。但因為沒有登錄在手機通訊錄裡，所以沒有顯示名字。
看了訊息內文後，立刻察覺是井口英子傳來的訊息，心臟猛烈一跳。這帶有攻擊性的說話方式，還真是一點也沒變。

〈好久不見，聽說妳回來這邊了啊？我有句話想跟妳說，所以想見一面。〉

發現郵件地址是英子敬愛的作家姓氏與生日的結合，讓人湧起一股懷念。
同時得知英子沒有刪除梢子的聯絡方法，兀自感到痛苦，因為梢子早已刪除英子的聯絡方法了。

重新在長椅上坐下，盯著手機看。

梢子很害怕與英子再見面，因為會不由分說地想起以前的自己。她和梢子某點非常相似，正因為如此她們兩人很聊得來，私底下感情也很好。

而這相似的部分，正是梢子想要捨棄的缺點。

——別逃避。

——如果有話想說，那就清楚講出來啊。

自私地，接受了另一個自己所說的話。

……就是說啊，面對聲音小的人敢清楚說話，但只要對方強勢一點我就不敢回話，這就是我不好的地方。

重寫好幾次之後才終於回信。

〈好久不見。我妹妹帶給店裡困擾了。我和家人輪流來醫院陪妹妹，所以傍晚可以抽出時間來，妳什麼時間方便請再聯絡我。〉

這次真的把手機收回包包裡離開長椅。而真的想得到聯繫的對象，梓沙前男友的回信，仍無消無息。

傍晚和父親換班時，父親拿了一萬日圓給她，要她順便買壽喜燒的材料回家。

「為什麼？」

梢子一問，父親有些傻住。

「妳不懂嗎？我們每年除夕都是吃壽喜燒啊，最後用蕎麥麵作結代替跨年蕎麥麵。如果是妳煮的，妳媽應該也會吃……要是妳嫁得近一點，也能三不五時回家一趟，妳媽心情可以多少好一點，也幫了我一個大忙啊。」

「……也就是說，你要我為了討媽開心，放棄和自己喜歡的人結婚嗎？」

父親誇張地大嘆一口氣。

「妳別用這種方式說話，跟妳媽越來越像了。」

聽見父親這刻意想傷害梢子的說話方式，梢子沒辦法繼續沉默。

「……爸，你有和媽好好說話嗎？」

「……說什麼？」

大概沒想到梢子會反抗，父親驚訝地回問。

「問她想悶在房間裡悶到什麼時候，問她到底想逃避現實到什麼時候，問她難道沒想要試著思考為什麼會讓事情變成這樣嗎？」

梢子快速說著，她心想「有什麼東西要就此毀壞了」。至今說不出口的話，一句又一句傾瀉而出。

「事到如今跟妳媽說這些又能改變什麼嗎？」

「那你丟著她不管不就好了，為什麼我得要去討她開心才行？」

「我們是家人啊，也得要互相幫忙吧。」

「你別在只對自己有利的時候說家人，你平常根本都沒多想，只想要走一步算一步而已。」

父親更低聲說「妳說什麼？」梢子忍不住畏縮。

父親原本就是比較溫弱的人，相由心生，平常也看起來一臉溫柔，但他的五官在他認真起來時會變得相當恐怖。

「如果你這樣想那你就自己去做，別指使我。」

「就算我說什麼，妳媽也不會聽我的意見啊。」

「那是因為你一直嫌麻煩不停逃避才這樣吧？是因為你都擺出我只要有工作賺錢回家就好的態度才這樣吧？」

下一秒，臉頰傳來爆裂的感覺，那種鈍痛感甚至深入牙根，這還是梢子生平第一次被父親打。

「爸爸哪裡做錯了！我是做了什麼了！」

梢子摀著被打的臉頰，呆然注視父親。以為和母親不同，可以輕鬆說話的對象彷彿變了一個人。

「……就是這樣認為自己沒有錯的這點有錯吧？」

父親大概啞口無言，張著嘴一句話也反駁不了。梢子把鈔票放在沙發上，說了「我要回家了」之後邁出腳步。

邊等公車，邊用手摀著被父親毆打的左臉，感覺好想向誰訴苦。雖然這樣想，卻想不出能向「誰」說。雖然有衝動想打電話給丈夫，但拿出手機後還是覺得算了，又把手機收回包包。

現在的丈夫無法一起承擔梢子的痛苦，他光自己的事情已經處理不來了，梢子不想要增添他的負擔。

突然冒出「母親是否也相同」的想法，雖然狀況有所不同，但對於無法理解自己痛苦的丈夫，她或許也認為什麼也不想說，說了也沒用，所以連找丈夫商量也沒有。

搭上終於到站的公車，梢子前面坐著抱著兩歲左右小女孩的母親，小孩把下巴靠在母親肩上，直盯著梢子看。

梢子感到有點不自在，不自然地稍微揮動著右手。雖然露出笑容，但她知道自己臉頰僵硬。

下一秒，小孩「哇啊啊」地放聲大哭，緊緊抱住母親的脖子。梢子立刻收回右手擺在大腿上，母親問著突然哭起來的女兒「怎麼啦？」讓梢子覺得很不好意思，好像做了多餘的事情。

——明明只是想要過著和平、安穩的生活而已啊。

從沒想過要當個有權者或是想變成有錢人，她只是想要和大家過同樣「普通」生活而已啊。

梢子無法停止只要自己一動作，就會打亂平衡讓身邊的人陷入不幸的想像。沒人知道他人會因為什麼事情受傷，就像這個突然放聲大哭的孩子一樣，不管自己是秉持著怎麼樣做好事的心態，也不知道她會因為什麼原因哭出來。

梢子一直懷抱著，自己接下來做出的選擇或許全都會選錯的不安，就連她對說出不想當藝人的梓沙獻計的這件事，她到現在都不確定是對是錯。但那無庸置疑是為了梓沙著想做出的事情，只有這點可以驕傲大聲地說出口。梢子用力吸一口氣。

手機響了。中午才剛登錄的英子的名字出現在螢幕上，大概是她剛好下班吧。

〈我明天要上班，那約晚上六點半在車站前。我不想要放假時還要特地出門。〉

梢子不禁苦笑，她仍是這樣說話直接呢，而實際上比任何人都還要脆弱。

——攻擊就是最好的防禦。
如果要用一句話來表現英子，這句話最貼切。
梢子只回了「了解了」，重新握緊手機，現在就已經緊張到胃痛。英子說出口的話總是有道理，再正確不過，但是有道理的正確言論不見得能讓事情順利進行。
下公車後直接回家，原本猶豫要不要照父親的吩咐去買壽喜燒的材料回家，但梢子打消主意，或許母親已經先準備了，她想要試著相信這個可能性。
在玄關喊了「我回來了」，但沒聽到回應。
走到起居室一看，沒看見母親，但房裡相當溫暖，立刻知道這房間剛剛還開著暖氣。轉頭看向矮桌，上面還放著留下一點咖啡的馬克杯和甜麵包的包裝袋。
母親並非成天什麼也做不了都悶在寢室裡，她會在家人不在家時出來活動，等到有人回來的時間再回去寢室，繼續扮演她的悲劇女主角。
——我如此受傷耶。
——誰來溫柔對待我。
梢子突然非常想要大叫，她不知道該怎麼消化這股從心底湧上來的憤怒。
把馬克杯放進洗碗槽，把包裝袋用力砸進垃圾桶。呼吸變得急促，忍下想要隨手抓東西就丟的衝動，抓起包包朝大門走去，穿上鞋子離家。

和老爺爺與幾個孩子錯身而過。

——小心火燭，一根火柴都可能造成火災。

這是區域自治會的活動，原來現在還持續在做啊，這令梢子有點懷念。梢子以前在除夕和元旦時，也像這樣在地區內走來走去，梓沙大概就沒有這個經驗吧。

梢子朝他們點頭致意，跑著離開這裡。她沒有目的地，只是想要稍微冷靜一下而已。

或許母親會煮晚餐，因為今天是除夕，是總結一整年的重要日子，不是有句話說「結果好就是皆大歡喜」嘛。或許母親有到超市準備壽喜燒的材料，或許她有試著努力想要樂觀積極。

梢子對這樣稍微有所期待的自己感到憤怒。都走到今天了，還沒有放棄啊。

沿著國道走了十五分鐘，想要暖暖完全冷透的身體，便走進一旁看見的超市。半年前尚未開幕的這家店，現在似乎已經完全被居民們接納，人潮多到所有結帳櫃檯都開了。

梢子走到賣熟食和便當的賣場，想著要買什麼東西回去當晚餐，架上擺著和平常不同，相當豪華的商品。

不管是買一人份，還是連母親的份一起買都感覺很不自然，梢子不知所措地呆站著一陣子。不管是買兩人份的便當，還是買壽喜燒的材料回家，同樣都是在照料母親啊。

不對，是否有哪裡不同肯定無所謂，只是自己不想要這樣做而已。

梢子決定不再思考母親的事情，回想和坂本之間的對話。

——近期有驚喜要報告。

梓沙如此對坂本說。梢子一直思考梓沙到底打算要說什麼，但除了「結婚」以外想不到其他可能性。而且還是與前男友結婚，如果是這樣，那就連梢子都會嚇一大跳。

轉過頭想離開這裡時和其他顧客撞上，梢子抬起頭。

「不好意……」

道歉時看見對方的臉，對方一臉驚訝地呆住了。但就在梢子準備開口之前，他想要立刻離開。

「八木先生！請等等！」

梢子一喊出口，他也停下腳步。

「突然聯絡你真的很不好意思，但梓沙她……」

他壓低聲音。

「可以請妳小聲一點嗎？……我妻子的老家就在這附近，我不想被人看見造成不必要的誤會。」

梓沙的前男友，八木亘的聲音相當冷淡。

在屋頂停車場的吸菸區，八木點了一根菸。雖然不喜歡菸味，但梢子沒有立場抱怨。菸熏痛眼睛，不知八木不是那種會考慮風向的個性，抑或是認為如此對待梢子也無所謂。

梢子悄悄地移動位置避免自己吸到煙。

「我現在和妻子一起回她老家，然後因為忘記買蕎麥麵，她叫我出來買，所以我真的沒有太多時間。」

八木左手拿著超市的塑膠袋，裡面有四袋袋裝麵。大概是八木和他妻子，以及妻子雙親的份吧。

八木喃喃自語「為什麼會忘了買蕎麥麵啦」後，深吸一口菸又吐出煙。

「妳說梓沙現在受傷住院對吧？但妳突然傳訊息給我，問我最近有沒有和她見面也讓我很困擾。我們早在好幾年前就分手了，我也有我的生活。」

「對不起。」梢子道歉。

看八木的樣子可以得知，和梓沙一起去參加坂本電影上映會的男性不是他，八木已經不是梓沙生命中的男主角了。一縷希望就此消逝，線索完全歸零。

「有人看見梓沙和男性一起出現，所以我才會以為會不會是你，想說你們該不會是復合了吧。」

八木在菸灰缸上捻熄香菸。

「那不可能。」

八木斬釘截鐵說道。

「被那樣對待，現在怎麼可能還會想要見她，只是重複相同的事情而已吧。」

「嗯，對不起，只是我以為可能而已。」

聽到他再正確不過的話，梢子也只能道歉。有錯的人是梓沙，八木是受害者。不能要他對高中生淡淡的戀愛背負責任。

——我會一直和妳在一起。

——絕對不會離開妳。

就算他沒辦法遵守這類約定，那又怎麼樣，這是常見的事情啊。

只不過，梓沙深信他說出的這些話，而對梓沙來說，這些話比什麼都重要。

「所以我見到梓沙真的只是偶然。」

八木這句出乎意料之外的話讓梢子不禁回問。

「什麼？……你有和她見面？」

梢子一問，八木超乎想像地不知所措。

「所以說真的是偶然，只是不小心碰到而已。」

梢子抓住想要逃跑的八木的手。

「什麼時候？在哪？你們說了什麼？」

八木一副「早知道就不說了」的表情，搔搔後腦勺，表情扭曲。

「……大約一個月前吧，我碰巧在公民館前面遇到她。我岳母有做插花，因為舉辦展覽，所以我和妻子一起去看。」

「那時那邊有舉辦電影的上映會嗎？」

「呃，我也不太記得了，那怎麼了嗎？」

「你跟她說了什麼？」

如果坂本看見的是八木和梓沙的話，這就表示梓沙身邊沒有男主角。

「我沒和她說話，我妻子就在旁邊耶。我們看到彼此後都嚇了一大跳，但拚了命不讓表情寫在臉上。」

八木看起來不像在說謊。

梢子現在才後悔，應該要問清楚坂本電影的上映會是在哪裡舉辦的。不對，只要搜尋推特，應該可以找到相關資訊。

「是哪裡的公民館？起碼可以告訴我這個吧？」

八木說著「請妳放手」，梢子這才發現自己握太緊了，連忙放開。

「是○市的公民館……我還以為我再也不會和她有所牽扯了耶。」

八木輕聲嘆一口氣。

「那是小朋友的戀愛，都已經過這麼多年了，妳還聯絡我也太奇怪了吧，又不是沒有其他朋友，對吧。」

「這當然。」梢子說。

「當然有其他朋友，只不過就算問他們，他們也不會知道，所以才會問你。對不起喔。」

梢子打腫臉充胖子了，因為她不想讓八木瞧不起梓沙。

「不好意思，請妳別再聯絡我了，我不想讓自己的生活起風波。」

「嗯，對不起。」

八木朝自己的車子走去，他坐上一台黃色的迷你廂型車，可以看見後座有嬰兒汽座。

八木已經有小孩了。

這個事實稍微打擊了梢子，想像他們一家大小幸福出遊的模樣，和梢子他們現狀之間的差距讓梢子痛苦，即使知道這只是自私的想法仍然痛苦。

在菸灰缸旁的長椅坐下，等待悸動的心情平靜。剛剛還對菸味感到痛苦，在八木離開後，突然覺得冰冷的空氣相當澄清。

拿出手機確認坂本的推特，往前滑到一個月前，得知舉辦上映會的場所和八木口中的公民館是不同的會場，梢子鬆了一口氣。

「……太好了。」

不禁脫口而出，雙手自然而然在眼前擺出祈禱的姿勢。

——坂本看見的男性不是八木。

那麼，那到底是誰？

接著又出現另外一個疑問——梓沙去公民館幹嘛？

從妹妹至今的行為模式，根本無法想像她會特地跑到鄰市的公民館。梢子不得不想，那個和她在一起的男性肯定知道些什麼。

八木岳母參加的插花展。

梢子決定先查詢展覽的日程，接著查詢那段期間內公民館還舉辦了些什麼活動。

梢子站起身走下緊急逃生梯。去買晚餐回家吧，不是壽喜燒，而是買兩個便當，現在頂多只能做這些。

——為什麼會對妹妹的事情如此認真呢？

不禁反駁如此提問的自己。

那是因為，她就像是另外一個自己啊。

——明明長得一點也不像耶？

這點梢子也十分清楚，她不知想過幾次「如果沒有她就好了」。

即使如此，在面對母親的教育方法，以及沒受到父親保護這點上，兩人承受相同程度的傷痛。

如果我變成現在的她，也毫不奇怪。

聽從梢子的提議，梓沙親手將從孩提時代留長的漂亮黑長髮剪掉，剃成平頭。

結果，這讓梓沙和母親在國中生活還剩下一年時，從東京回到家鄉。

從小聽從母親囑咐留到鎖骨附近的美麗黑髮，被剪得跟狗啃的一樣，母親要梓沙戴上毛帽。

這是當時還是高中生的梢子，拚了命想出來的方法，那就是把頭髮剪掉。

——改造成不會引起男性性慾的容貌。

目的就在此。

梢子也不是沒想過「讓梓沙做出貶低自己價值的事情似乎不太好」。和梢子鬈曲亂翹的頭髮不同，梓沙的頭髮柔順飄逸又漂亮，梢子擔心要梓沙親手剃掉自己的頭髮會不會感到心痛。

但結果，梓沙親手把自己的頭髮剃掉。

她先用美勞剪刀把頭髮剪短，接著拿母親除毛用的電剪把頭髮全部剃光。梓沙在浴室裡做這件事情時，一直和梢子維持通話。

剪刀輕易剪掉頭髮的聲音，電剪的嘈雜聲音，梢子抱著彷彿現在就待在妹妹身邊的感覺聽著。
那是拋棄自己優點的舉動。
如果自己真的想變成那樣，當然沒任何問題。就算是女性，就算頭髮再美，梢子都沒打算說什麼「就得該留長才行」。
但是，為了不成為他人的性幻想對象而改變容貌這項行為，是否定自身的行為。
相同事情放在梢子身上。
就是要她故意寫錯會解的數學題，故意用不正確的發音唸英文，佯裝不懂自己其實懂的事情……
為了不讓他人嫉妒，為了不讓別人說「不過就只是女人」，為了不讓人說一點也不可愛。這不就是個為了讓自己沒有任何魅力，偽裝自己的行為嗎？
不對，妹妹被迫做出更令人痛心的事情，梢子緊緊握拳。
妹妹現在屈服了。
——屈服於男性。
——屈服於女性這個性別。
——以及，屈服於母親。
這是放棄最真實的自己的聲音。
梢子有想要掛掉電話的衝動，但她不能放妹妹孤單一人，因為這是梢子提議的。

梢子坐在超商停車場，等待這件事情結束。

從外人來看或許會覺得很滑稽，大概會笑著說「不用這麼迂迴，直接說不想做不就好了嗎」，但那是自己說出口的話會為他人所接受的人才能有的想法，梢子和梓沙都明白，母親不可能接受她們的意見。

——妳在幹什麼！

突然響起刺耳的尖叫聲，與之同時聽到什麼東西掉到地上的聲音。

——放開我！

——妳為什麼不聽媽媽的話！

——我已經受夠了！

爭執的尖叫聲與怒吼迴盪，重重交疊把梢子逼入絕境。

梢子不曾去過兩人在東京的居所，即使如此，她也能清楚想像兩人在狹窄浴室中抓著彼此的手，至今無法說出的話失去出口，轉變成暴力的畫面。

——梓沙。

明明想如此呼喊，實際上卻是不成聲。

「哐啷！」巨大聲響響起，可以知道是什麼東西撞上玻璃門的聲音，接著……

——妳竟然還想再讓我去做那種事情，太奇怪了！

下一秒，耳邊聽見什麼東西彈飛的聲音，電話掛斷了。梢子慌慌張張重新撥號也只聽見沒開機的機械女聲，打不通，這才發現剛才是梓沙丟掉手機的聲音。

喉嚨異常乾渴，視線突然開始暈頭轉向。梢子手貼在眼皮上等待暈眩消止，但梓沙的叫喊聲不停在腦中迴盪。

為什麼自己沒有更早好好聽妹妹說話呢？竟然讓妹妹發出這種聲音，梢子後悔著自己也該負點責任。

結果母親仍舊無法理解梓沙抱著捨身覺悟不惜改變自己容貌的心情。

聽說母親去買來假髮，接著找公司的人商量，希望可以讓梓沙戴假髮繼續工作。但公司不同意，結果最後決定離開經紀公司回老家。

公司並非理解梓沙的意志，只是不想要照顧可能會引發糾紛的梓沙而已。也就是說，能取代梓沙的人多得是。

母親沒對父親詳細說明，而父親也沒要求任何人說明什麼。不知道他是毫無興趣，或者不想被捲進麻煩事中。

但梢子當時想，這樣就好了，如果是自己，她也不想讓父親看到那個照片。而且也不禁想像，要是連父親也不願意接納梓沙受傷……

——只是這點小事。

——根本沒什麼大不了吧。

要是父親說出這種話，受傷的心情將無處可去。

只不過，梓沙的美貌仍然沒有改變。就算沒了頭髮，不對，正因為沒了頭髮，更加強調出她的五官配置有多完美，特別是站在她身邊才會映入眼簾的側臉更是別出一格。

高聳鼻樑、緊緻有型的下巴線條，有著宛如少年般的爽朗感。深邃的雙眼皮帶著些許憂愁，看起來很神秘，就連這些部分也讓人感覺梓沙很美。

只不過這個容貌，在學校這團體生活中派不上太大用場，反而可說只是障礙，只要越醒目就會越被同學們排擠。

而且，梓沙的學力極度低落。

這是母親只要求「梓沙只需要漂漂亮亮站在那邊就好」造成的結果。

梓沙在學校裡是異常的存在，轉學生本身就是注目焦點，而且這年紀的小孩很難接納與自己不同的存在。

在頻繁請假、早退之中，梓沙好不容易國中畢業，進入被嘲弄只要在考卷寫上名字就能錄取的私立高中就讀。

梢子衷心希望梓沙能在全新環境中順利生活。

✚

把母親的便當放在起居室矮桌上，朝寢室房門喊了「我有買晚餐回來喔」，但沒聽到母親回應。

梢子回自己房間，在以前用的書桌上打開便當。把炊飯送入口中，有點懷念起熱騰騰的白飯，嘆了一口氣。一看手機，剛過晚上九點半。

只有每天早晚會傳個打招呼程度的訊息給丈夫，已經幾天沒聽見他的聲音了，彷彿回到遠距離戀愛的時期，那時兩人的時間搭不上，很難擠出時間打電話。

大概因為在自己房裡，當時的心情湧上心頭，讓梢子呼吸急促起來。她有意識地加深、慢慢吐氣，讓自己冷靜下來。

——拜託，帶我離開這裡。

不停地如此祈禱。對當時的梢子來說，可以脫離現狀的手段只有結婚，那是把事情全託付在男友身上的軟弱自己。

當時，梢子第一次明瞭梓沙的心情。她對八木做出的各種沒常識的行動，雖然無法原諒但可以理解。

突然好想聽聽丈夫的聲音，梢子拿起手機打電話。丈夫應該回老家了，公婆也在他旁邊吧，只擔心他會不會不好意思接電話。

但丈夫在鈴響兩聲後就接起電話。

「喂，直樹嗎？對不起，打擾你了，你和媽他們在一起對吧？」

梢子快口詢問後，他低聲說話。

「沒有，媽他們在起居室看紅白，我已經準備要睡了。」

梢子再次確認時間，還不到十點。

「……不舒服嗎？」

一問之後，丈夫回答。

「沒有，只是電視太吵讓我逃回房間。」

「這樣啊。」梢子回應後沉默。有好多話想說，但丈夫現在應該沒有承受梢子的話的空間吧。

「發生什麼事了嗎？」

丈夫卻如此開口問。

梢子喉頭一緊，接著回：「嗯……我媽不肯從房間出來。」

不知為何，一說出口後突然感覺沒什麼大不了。就算母親不肯幫忙，也對梓沙會不會恢復意識沒有任何影響。

梢子理解了這全都是心情問題，東京有梢子可以回去的家，只要知道梓沙平安無事，接著再度離開母親就好。

「妳現在和爸兩個人陪梓沙嗎？」

大概全部理解了吧，丈夫如此問。

「對，我們輪流陪梓沙。」

「這樣啊，妳回去應該也幫了爸大忙吧。」

「……真的有嗎？」

梢子邊吸鼻子邊回答，他溫柔地說：「絕對有。」

「我會在這邊多待一陣子，把家裡的事情丟著不管，對不起。」

「妳不用在意，陪在梓沙身邊吧。」

彼此互道晚安後掛斷電話。

現狀明明沒有絲毫改變，心情卻稍微感覺暖了起來。梢子把高湯蛋捲放入口中，邊咀嚼邊享受丈夫尚留在耳邊的聲音。早知道心情會變得這麼輕鬆，她就不該逞強，早點打電話就好了。

以為自己孤單一人，沒有人會伸出援手是梢子的壞習慣。

梢子慢慢吃便當避免胃痛，剛剛還很憂鬱這是頓乏味的晚餐，但這也是有人做才有得吃啊，所以要滿懷感激享用。

全部吃完、雙手合十後，把空便當盒丟進塑膠袋裡。雖然很想直接睡覺，但還有事情要做。

為了調查一個月前在○市公民館舉辦過什麼活動，梢子打開手機連上網路。○市官方網站上記載著各公民館的開館時間與休館日，但別說過去活動了，連接下來預定舉辦的活動資訊也沒有。

看見「活動一覽」的ＰＤＦ檔案連結，梢子打開檔案來看。

發現裡面不只有公民館舉辦的活動資訊，還有各社團活動的消息。

書法、插花、桌球、手工藝……各式社團名稱，以及上課日期、費用等等的一覽表，但沒一個能讓人聯想到梓沙。每個都是以銀髮族、中高年族群為對象的社團，無法想像妹妹置身其中的樣子。

但梓沙實際上出現在公民館，這點無庸置疑。

梢子繼續滑動畫面尋找其他線索，接著發現「公共設施預約系統」的連結，點進去一看，看見「空間時段確認」、「預約」、「抽籤」等選項，看起來這是為了讓一般人也能使用公民館的公共設施而設立的預約網站。

至今從未想過要利用公民館的梢子驚訝著原來也有這樣的世界呀，到底是過怎麼樣的人生才會接觸這類資訊呢？她深刻理解自己的經驗值太低落。

突然想到，梓沙或許是用一般民眾的身分利用公民館，這肯定不是梓沙自己的行動，而是和她一起參加上映會的男性的意思。

想到這邊，心中突然出現陰影，一直不讓自己思考的想法冒出頭來。

——那位男性，知道梓沙的現狀嗎？

如果他知道，有理由不到醫院露個臉嗎？

現在除了家屬以外無法探病，如果他來醫院也只能請他直接回家。但如果梢子是那位男性，如果很珍惜梓沙，應該會想要知道更詳細的狀況來醫院找梓沙家人說話。

梢子也想，或許他不知情。

實際上，如果書店的人不認識這位男性，也沒有其他人會通知他。父親和母親肯定也沒發現到這位男性的存在。

如果梓沙和他是彼此頻繁聯絡的關係，他應該會對不管聯絡幾次都無法打通手機感到不對勁，然後肯定會想「該不會發生什麼事情了吧」。

如果知道家裡的電話號碼，或許會鼓起勇氣聯絡。

如果知道梓沙在書店工作，或許會到書店找她。

如果是梢子，肯定會採取什麼行動。

把手機放在桌上，雙手摀住眼。光點在眼瞼底下閃爍，梢子忍不住脫口而出「好累」。

還有其他可能性可想。

「那位男性知道梓沙住院，但沒來露臉」的可能性。

——因為覺得並沒有那麼重要？

不對，或許是有什麼原因，例如很忙之類的。

——妳都丟下丈夫跑回家來了耶？

每個人都有他人無法想像的狀況，我也可能發生自己無法想像的事情。

倒在床上，抱膝蜷曲身體。眼皮突然變得沉重，身體彷彿石頭般僵硬，頓時變得沉重。與之對抗也無濟於事，梢子拉過棉被鑽進被窩中。

在逐漸停止運轉的腦袋一角，她決定明天見到英子時，要問她有沒有男性到店裡找過梓沙。

✚

「妳辭職之後完全失聯耶，也太無情了吧。」

隔著桌子面對面而坐的英子，邊拿濕毛巾擦手邊丟出這句話。梢子小聲說「對不起」後伸手拿起冰開水。喉嚨乾渴，無法好好發出聲音。大概因為店內的暖氣太溫暖，冰水潤澤了乾燥的喉嚨。

梢子算好可以在約定十五分鐘前抵達才離家，最後她在約定時間二十分鐘前抵達車站，坐在收票閘口前的長椅上等英子。

到車站大樓裡的店家逛逛，或是到超商站著看雜誌，有非常多打發時間的方法，但梢子只是靜靜坐著等待英子。

自己應該很緊張。身為一直悶在家裡不出門的人，沒什麼事情比和英子見面的難度更高了。

在往來人潮中看見英子的身影時，梢子忍不住想要遮住自己的臉逃走。又不會被殺，到底是為什麼會如此恐懼呢？

梢子下定決心，揮手讓英子知道她在哪裡，英子立刻發現她。

「去常去的那家店可以吧？」

說完後立刻邁開腳步。

英子選擇的是位於車站後方，有隱密店家感的居酒屋。當她們爬上狹小樓梯時，店員正巧打開門問：「請問幾位？」英子回答「兩位」時，梢子就在她背後等待。

「現在只有吸菸席有空位，可以嗎？」

店員一問，英子回答「可以」，完全沒看梢子一眼。

店員帶她們走到最裡面的座位，現在，梢子就和英子面對面坐著，主導權已經握在英子手上了。

「開玩笑的啦，妳幹嘛僵硬成這樣，就算妳聯絡我我也不想跟妳說話。自然而然讓對方變成壞人，這就是妳不太好的地方。」

英子邊打開菜單邊說。

「我要喝啤酒，妳呢？」

「烏龍茶……」

「妳還是不能喝酒精啊？要吃什麼，我隨便點喔？」

「嗯。」回答之後，英子叫來店員迅速點完餐。在飲料上桌前也無事可做，沉默讓梢子感到恐怖。

梢子和英子弄僵關係前常常一起來這家店，穩重的照明以及和緩的音樂總是讓她感到很舒適。和連鎖店不同，這家店的價格稍微昂貴，也因此比較少學生和年輕人，不吵鬧這點很加分。

「……妳妹妹的狀況怎麼樣？」

英子一問，梢子對不需要自己提及這件事鬆了一口氣。

「還沒有恢復意識，但醫生也說了大腦沒有異狀。給店裡帶來困擾真的很對不起。」

英子說了「沒關係，妳不需要在意這件事情」，接著她似乎有話要說而張口，但只是吐了一口氣之後拿起水杯，喝了一口水之後才又再次開口。

「但是啊，妳還真是留下了一個大包袱耶。」

梢子無法立刻理解意思，「咦？」的一聲回問。

「妳妹，那傢伙真的有夠沒用。」

尖銳的話語刺痛心胸，但梢子不能擺出受害者的樣子，因為梢子過去也同樣贊同過這句話。

店員端來啤酒和烏龍茶，英子笑著說「謝謝」接下，沒有乾杯就先喝掉一半。久違看到這一幕，看起來還真像是在演戲。

英子用明白語調斬釘截鐵說話時，大抵都帶著迷惘或是罪惡感。梢子認為她是為了讓自己深信自己沒有錯，所以才會刻意選擇強勢的話語。雖然很容易被誤解，但她原本就是個心思細膩的人。

「造成你們的困擾真的很不好意思，我想那孩子也是很努力在做了。」

梢子喝了一口烏龍茶，因為剛剛才喝水，烏龍茶沒辦法好好喝下肚。

「只要努力就能得到誇獎的只有小孩吧，出社會之後，就該伴隨成果才是吧？」

「……妳說得對，會這麼想也是當然。」

英子沒說錯，上司也對梢子說過相同的話，她也用相同想法對待比她晚進公司的員工。書店架上擺放的商業書籍中，肯定也寫著相同內容。

「也不是只有妳妹特別沒用，最近的年輕人都這樣。」

英子又繼續說。

「不知道是在怕什麼，不開口問也不會找人商量，還不願意主動學。還以為他們只會做別人交代的事情，卻連交代的事情也做不好，這還有臉說自己在工作嗎？」

她語調流暢地說著，可見她肯定平常都是這樣想。明白說出想說的事情可以是個優點，前提是對正確的對象發言。

「……就妳來看，可能會覺得他們沒有在工作吧。」

梢子一回話，英子不滿地回應。

「什麼，妳說話幹嘛那麼不乾脆，有什麼話想說就直說啊。」

就在英子說話時，店員端來毛豆和高湯蛋捲。捲入莫札瑞拉起司和明太子的高湯蛋捲冒著熱氣令人食指大動。

「……趁熱請用。」

梢子一勸菜，英子皺著眉頭舉起筷子，梢子也跟在她後面夾取高湯蛋捲。

梢子很猶豫該不該說出真心話，因為人類就是種會對和自己相像的人有所共鳴的生物。所以她說出口後，或許對方無法接受。

——但是，這次真的不想逃避了。

「……正如妳所說，梓沙的能力確實不強，又怕生，需要花上很多時間才敢問問題或是找別人商量，學習工作的速度也不快……但是……」

梢子深吸一口氣。

「……因為我自己也是這樣，所以才這樣想。」

梢子努力擠出聲音。

「妳不覺得職場整體，有種很難問別人問題的氣氛嗎？」

拿起毛豆的英子，手中的毛豆突然掉在桌上，接著若無其事地捏起毛豆放在盤子邊邊，仔細用毛巾擦手。

邊感覺一股羞恥以及英子散發出來的怒意，但梢子沒有撤回自己說出口的話。

「妳要說創造出這種氣氛的人是我？」

直直注視著自己的她，態度相當大方，反而是想要閃避視線的梢子看起來態度軟弱。對梢子來說，堂堂正正擺出「我很正確」的態度是件難事，而且自己早已是外人了。

但她有話想說。

「我沒說是妳的錯，反而該說，我現在才覺得自己也曾經那樣。那時，我也創造出那樣的氣氛來了。」

梢子不是想責備英子，也不是想逼迫她，只是希望那裡可以變成一個不會把任何一個人逼上絕境的職場。

「但只要是人，就會有心情不好的時候。因為對方心情不好就不敢問問題，這也是出社會的人不該有的行為吧？」

「但是，心情不好到在工作中讓其他人有所顧慮，同樣也是出社會的人不該有的行為吧？」

聽見英子倒吞口水的聲音。不對，不是想要苛責她。

「……我也痛切明白那種煩躁的感覺，因為我也是那樣，我現在說的話連我自己也沒做到，或許妳會覺得我的發言很不負責任，但是我覺得就算擺出不高興的態度，也沒辦法讓事情有所進展。」

梢子看著英子喝啤酒，她很想讓英子明白自己沒有苛責她。而最重要的，這也是為英子著想。

「……不是他們也無所謂啊。」

英子放下啤酒杯輕語。

「其他還有很多可以更正常點工作的人吧，為什麼我得要捨命陪那些沒辦法好好工作的人啊？在妳之後來店裡的正職員工也真的很沒用，真的只會帶給別人困擾。」

梢子覺得她現在刻意使用強硬的詞彙，她現在是為了傷人而說話。

「我覺得沒有耶。」

梢子一說，她不解地「咦？」一聲回問。

「我覺得沒有其他很多人。」

大概理解話中之意，英子低頭看桌面。不對，我也不是想傷害她。什麼也不想地迎合她的意見，和她一起互相抱怨會來得更加輕鬆，但是那種做法只是敷衍當下而已。

梢子不想對她，不想對過去的戰友說謊。

「薪水低，但又是體力活，也有非常多事情要學。而現在店裡的工作人員，都是即使如此還是喜歡書，所以想在書店裡工作的人。我覺得現在的最佳狀態，就是現有的工作人員。」

「……妳的意思是無可奈何，所以要我放棄？」

「我沒有這樣說，只不過，每個人的成長速度和擅長、不擅長都各有不同，我覺得精準判斷這些事情培育對方，最後也會回饋到自己身上……因為他們會成為幫助自己的夥伴。」

英子輕輕地點了好幾次頭，不屑地「好啦好啦」隨意回應。

「反正就是辭職的人的偽善啦，那只是理想，因為和妳無關了，所以妳什麼都能說出口，但實際上根本辦不到。」

「我也這樣認為。」梢子點點頭，「……但是，我很後悔。」

「後悔？」英子訝異，梢子再次點頭說。

「都過了半年了，我現在還是會想，當初是不是還有其他做法。我不希望妳和我有相同的後悔。」

英子沉默地拿起毛豆，梢子也不再繼續說。今天所說的話或許全都只是自我滿足，但與其因為沒說而後悔，梢子寧願說完再後悔。

將來面臨有人後悔的狀況時，梢子不想要說出「我當時就這樣想了」這種話。

店員端上花鯽魚和日式炸豆腐，英子又加點了啤酒。

「妳呢？還要飲料嗎？」

英子一問，梢子回道。

「沒關係，我還有。」

感覺英子的怒意與不耐煩稍微緩解，只不過，疲態與悲傷隨之出現在她臉上，讓梢子心痛。

「……妳知道飯島小姐辭職了嗎？」

英子一問，梢子搖搖頭。飯島瑞希，是從書店開店起就在店裡工作的員工，和英子感情很好，梢子也曾和她一起去吃飯。年紀應該大梢子一輪左右。

「……飯島小姐辭職了啊，我都不知道，但為什麼呢？」

英子回答。

「我沒問，她只說了『得不到該有的評價』，說繼續努力下去也沒用，還建議我早點放棄那家店比較好。」

英子從店員手中接過啤酒直接喝起來，她喝的速度很快，但梢子記得她應該沒這麼能喝，於是問她「還好嗎？」但英子沒有回答。

「好難過。從飯島小姐口中聽到這種話真的很難過，飯島小姐應該是最後一個開幕就在的員工吧，比現在的店長資歷還深，什麼都懂，我就希望這種人可以待在我們店裡工作啊。」

這還是梢子第一次看見英子說洩氣話，因為她平常都是生氣抱怨完後就會完全忘記的人。和梢子不同，她不是會因為沮喪而無法動彈的人。

英子喃喃自語「到底該怎麼做才好呢？」接著把炸豆腐的盤子推給梢子。

「因為喜歡書成為書店店員，每天都很開心喔。還有很多想做的事情，也變得更喜歡書了……但是啊，把喜歡的東西變成商品果然很痛苦，看見顧客粗暴對待，或是站著翻完整本書之後說還是想要全新的所以要上網買，最後竟然還拋下一句『這種書根本沒有用原價買的價值』，就會覺得『喂喂喂，你等等啊』。如果無法賺錢，書店、出版社和作家都會失業耶。要是書店從街上消失，喜歡的作家不再出書，這些人不會覺得很傷腦筋嗎？喜歡的東西消失不是件讓人很難過的事情嗎？」

「嗯。」梢子附和。英子開始長篇大論就是她已經喝醉的證據。

「……但是啊，我也想了，就是因為喜歡才會感到如此生氣吧。實際上像美里他們都一副沒什麼大不了的感覺在工作，清楚切分工作歸工作就是這麼一回事吧。哎呀，這跟已經辭職的妳沒關係就是了。」

話中又帶刺了，但這讓梢子偷偷鬆了一口氣，因為說洩氣話並不適合英子。

「才沒這種事，我也很喜歡書店，要是消失了我也會很傷腦筋。回來這邊時也想要去店裡看看，到時還是想要有『這果然是家好店』的想法啊。」

「妳有來對吧？我有看到妳帶來的伴手禮，妳看到商品架覺得怎麼樣？」

一瞬間不知該怎麼回答，而英子沒有錯過。

「如果妳不老實回答我就扁妳。」

英子直直注視著梢子，梢子無法別開眼。

「……我覺得沒有多花心思在上面，補貨不及，讓人覺得是不是沒有時間啊。」

英子沒有回應梢子這段話，取而代之的是抱頭大喊。

「啊，真的煩死人了。」

梢子不自覺繃緊身體以為自己說了不該說的話，英子看見後皺起臉。

「不是啦，我不是在說梢子妳啦。」

這是英子今天第一次喊了梢子的名字。

「我是在說小偷，店裡有慣竊。」

「啊啊。」梢子點點頭。

「我有聽說專偷遊戲卡牌對吧？」

「不只卡牌，還有偶像的寫真集、最新出的漫畫等等的。有一定數量的人專門來偷去賣，偷了就放上二手拍賣網站上賣。」

梢子皺起臉。

「……妳怎麼知道？」

「怎麼會不知道，看到商品架覺得賣得很好，一看銷售紀錄根本沒賣那麼多啊。然後上拍賣網站一看就看到有人拿出來賣，然後就大概有感覺，啊，這是從我們家偷出去的東西。當然，我沒有任何證據啦。」

英子扭曲著表情笑道。

「……拜託讓我們普通工作啦，我說真的，我們根本沒那種閒工夫把時間花在巡邏上面。」

英子這段話讓梢子感到窒息。

——只是想要普通工作而已。

這個願望明明是極為普通的事情，卻難以辦到。

「知道飯島小姐辭職之後，工作很久的員工也一個接一個辭職。那時我真的感覺遭到背叛了，大家明明說了那麼多想讓這家店變得更好之類的，原來可以這麼輕易就辭職啊……我聽到妳要結婚辭職時也是相同想法。」

胃緊緊一縮。

「想讓這家店變得更好之類的……為了要用這低薪過活就得找個能賺錢的老公之類的，我還以為我們彼此說了很多真心話，沒想到其實妳偷偷和東京出版社的業務員交往之類的，這是什麼背叛啊？這已經是以要辭職為前提的事情了吧。」
「……真的很對不起。」
「其實妳在聽我說話時，都在背後偷偷嘲笑我吧？」
「才沒那回事。」
「誰知道呢。」英子說完後喝了啤酒。
梢子真的沒有在背後偷偷嘲笑她，只是說不出口。正因為她很認真在工作，所以才無法說出口，因為很怕遭受她逼問「是這樣嗎？」
拖拖拉拉地錯失說出口的機會，不停堆疊小謊言。
英子是在朝會時得知梢子在結婚的同時要辭職，店長開口說這件事情後，梢子向大家報告，她當時無法去看英子的臉。
從那天到梢子辭職為止，她和英子完全沒說一句話。
她知道英子避著她，也感覺事到如今不管說什麼都無法挽回了。
「……麻煩死了。」
英子低聲如此抱怨。
梢子回了「對不起」之後，英子搖頭說道。
「不，我才是最麻煩的人，真的很討厭自己這麼麻煩。」
她的眼睛泛紅，是因為喝了酒嗎？還是因為……

「我生氣的不是妳要結婚，而是妳沒有好好自己告訴我啊。一想到我竟然那麼不值得妳信賴，就覺得好生氣。」

「對不起，我真的覺得對妳很不好意思。」

英子也小聲說「已經過去了」，頻頻點頭。

「……我很能理解妳想要依賴誰的心情，雖然很不想承認，但真的會想要結婚讓全部重來，去別的地方。是真的很喜歡那家店，但也真的覺得無法繼續努力下去了。」

「……嗯。」

梢子不知道該繼續說什麼才好，只好開始夾早已轉冷變硬的花鯽魚肉掩飾這一點。

英子的正義感很強，追求完美且能加以實現。正因為她能力很強，所以會要求自己和別人要更加努力。但不管怎麼跑都看不見終點，這或許讓她筋疲力盡了。

——再更有責任感一點，再更機靈一點。

要求別人的話語加倍折磨自己，梢子痛切理解她的心情，所以一句話也說不出來。

結帳時梢子說要請客，但英子堅持要各付各的。

「我沒有讓妳請客的道理。」

梢子輸給英子堅持不退讓的態度，結果只能收下她遞出來的錢。

即使如此，往車站走去時，她的氛圍與剛剛相比柔軟許多，步行速度稍微慢上許多，肯定也不光是因為喝了酒。

「我有件事情想問。」

梢子一開口，她回問：「什麼事？」

「這幾天有人到店裡找我妹妹嗎？」

走上車站的樓梯，英子「叩叩」踩響矮跟鞋，這尖銳硬質的聲音令人不禁想要挺直背脊。梢子工作時大多都穿運動鞋，但英子總是愛穿稍微有點跟的俐落鞋子。她說只要有跟，也能碰到就算伸長手也碰不到的書架。

「……沒有，我沒碰到有人來問，要我替妳問問其他人嗎？」

英子稍微思考之後如此提議。

「謝謝妳，可以拜託妳嗎？」

「好。」

走到收票閘門前，英子問道。

「梢子，妳不是搭電車吧？」

「嗯，我搭公車回家。」

「那妳也不用送我送到這邊來啊。」

「但下一次不知道什麼時候才能見面了，就讓我送妳吧。」

英子手插在大衣口袋中低頭看梢子，因為她穿有跟鞋，比梢子高上一個頭。而她的表情，就像是隨時都會哭出來的稚兒，梢子第一次看見她這種表情，嚇了一大跳。

「……我一直很猶豫，不知該不該說。」

英子吸了吸鼻子，梢子歪著頭要她繼續說下去，她稍微皺起臉說話。

「妳妹妹，小時候是不是當過模特兒？」

——為什麼會知道這種事？

疑問無法說出口，梢子只能睜大眼睛，英子感覺難以啟齒地繼續說道。

「新來的工讀生裡，有個喜歡小蘿莉的大叔，他看見妳妹之後，似乎察覺該不會是那個女生吧，然後就拿來以前妳妹妹當封面的雜誌。」

——沒想到現在還有人記得她。

梢子無法說話只能沉默，英子探頭看她的臉問：「妳還好嗎？」

「……對不起，我發了呆，我沒事。」

只能勉強如此回應。

「我有對那個大叔說，別對其他人散播這種私人的事情，所以我想應該沒有太多人知道。」

梢子點頭說「謝謝妳」，同時也想著真不愧是英子。

雖然容易被誤解，但英子基本上正義感很強。正因為如此，就算她不喜歡梓沙，肯定也不希望梓沙受到不當的傷害。任誰都不喜歡被其他人胡亂刺探以前的往事，英子是清楚這點的人。

「……但就算這樣做，事到如今她可能也不會原諒我吧。」

英子如此低語，梢子不禁「咦？」的回問。

「……大約一個月前，妳妹對我說了。」

「……說什麼？」

英子沉思了數秒之後才開口。

「她問我：『如果妳討厭的人消失了，妳會很開心嗎？』」

梢子無法動彈，喉嚨緊縮到發不出聲音來。

「我沒有那種想法……但是，妳妹妹會變成這樣或許就是我的錯。」

英子緊緊握拳，她手背上因乾燥裂開的紅痕看得梢子很心疼，反射性握住她的手。

「……沒有人想過會發生這種事。」

聽到梢子這句話，英子搖搖頭。

「……我或許是很怕妳妹妹吧。」

英子這麼一說，梢子回問：「害怕？」

「她和我太不同了……光是站在那邊就引人注目的容貌，就像是在否定我自己一樣，我可能是對此感到恐懼，我很差勁對吧？」

「我懂，因為身為姊姊的我也是相同的心情。」

英子又搖搖頭。

「……如果我有問到什麼，我再通知妳，那先再見。」

乾脆道別後，英子的身影往收票閘門另一端遠去，她不曾回頭。

直至看不見英子的身影後一段時間，梢子都無法離開。她完全沒辦法直接回家，想要有單獨思考的時間。

折回來時路，走進下樓梯之後的咖啡廳。她坐在窗邊的位置點了一杯溫咖啡歐蕾，洩了一口氣。一坐下立刻喪失再度起立的力量，她想她應該十分疲憊。

覺得能和英子好好說話真是太好了。

辭職前一句話都沒說一直是梢子的遺憾，因為與其說英子是同事，其實更接近朋友。她覺得和同事之間的距離這麼近不是件好事，可能會公私不分，弄僵關係時也會很麻煩。

但她們有很相似的地方，所以才會無法不變得如此要好。互相舔舐傷口般聊天的那段日子，或許並沒有讓彼此成長，但確實是有其必要的。為了撐過一天、又一天。

梢子和英子都很討厭「很女性」的女性，梢子現在就能承認，那追根究柢只是嫉妒。被要求女性化或是美麗時，彷彿遭受批評「妳沒有這些優點」般令人痛苦，所以藉由否定和自己相反的人來肯定自己。現在回想起來，羞愧得臉都要冒火了。

店員端來咖啡歐蕾，邊放在桌上邊笑著說「請慢慢享用」，梢子也回以笑容。

那是一位看起來比梢子年長，身材稍微豐腴的女性。雖然臉蛋不是很起眼，但她和善的態度以及俐落的舉動看起來充滿魅力。如果是以前，梢子肯定也會嫉妒她，接著在心中想著過分的話。

——之所以無法控制體型，是因為她對自己太放縱了。

——對自己放縱的人，不可能做得好工作。

彷彿自己了解一切般地和英子這樣說，因為逞強才展現出的攻擊。

接著。

——那傢伙真的很沒用。

梢子雙手包住咖啡歐蕾的馬克杯，溫暖冰冷的手。雙手微微發抖，但她無法停下來。

每看見兼職的主婦們出現什麼失敗，或看起來很不負責任時，英子就會說出這句話，而梢子也會在旁邊附和。她們認為自己只是「很普通」在工作，而失敗的人卻沒有達到這個標準。也就是說，她們只是在互相確認自己比這些人還高上一等。

她們沒有直接對本人說，正因為如此才會誤以為自己擺出很成熟的態度吧。明明只是卑鄙的人而已啊。

梢子不知道英子怎麼想，但梢子很明確地嫉妒著「被誰選擇」而結婚的她們。

——我為什麼會扭曲成這樣了呢？

梢子不想怪罪在妹妹身上，但原因就出在梓沙身上，除此之外找不到其他理由。

——好希望有人愛我。

+

進入被母親稱作「吊車尾」高中就讀的梓沙，剛開始似乎交不到朋友都孤單度過。梢子沒有親眼所見，但她不曾從妹妹口中聽到在學校裡遇到什麼開心的事情。

原本內向，無法直說自己意見的妹妹，在第一次反抗母親後終於得到表達自己心情的手段——社會上一般稱此為家庭暴力吧。

舉例來說，梓沙只要稍微晚一點起床，母親就會開始說教「妳為什麼沒辦法跟姊姊一樣？」雖然梢子很想要追問母親為什麼總是要這樣多說一句話，但她無法動彈。

下一秒，梓沙無言地把桌上的吐司揮下地，或是把剛剛才拿下樓的書包砸在地上，母親會瞬間驚聲尖叫，接著又再多說一句。

——妳為什麼會變成這樣！

梓沙沒有回應母親的問題，只瞥了一眼彷彿表達「妳自己想啊」，接著直接走出起居室。玻璃彈珠般清澈的眼珠，像看穿了自己這方的所有弱點，一想到自己在妹妹眼中是多麼醜陋，就讓梢子發抖。

收拾散亂的東西就是梢子的工作，接著尋找她們兩人想聽的話，對她們說。安慰母親「梓沙就跟小孩子沒兩樣」，裝得善解人意地對妹妹說「媽真的很煩」。梢子也有自覺「牆頭草就是指自己」，心中明明不這麼想，她也很討厭不停說謊的自己。

即使如此，會一直在母親和妹妹之間當潤滑劑，是因為她感到愧疚。

妹妹代替梢子持續承受母親名為期待的壓力，只要有個變因，自己就可能成為現在的她。那麼，身為姊姊的任務，就是要多少分擔妹妹的痛楚。

升上高中大約三個月左右，梓沙唯一的支持者不再是姊姊梢子，換成了別人，那就是八木亘。

早上，只要妹妹沒有鬧彆扭，梢子都會和她一起離開家門。妹妹去高中上學，梢子則要去大學上課，兩人一起騎自行車到車站。雖然幾乎沒有對話，但梓沙沒有拒絕梢子。

妹妹要搭電車，梢子則是搭公車，她們總會在立體停車場互道「我去上學了」、「路上小心」。但就在某天，在姊姊花時間想停好自行車時，妹妹說了「那我先走了喔」，就拋下姊姊先離開。

梢子抬起頭時，和一個高中男生對上眼。他留下評定般的視線後，和梓沙一起走下樓梯。事情發生得太短暫，梢子一瞬間搞不清楚發生了什麼事，但心中留下奇怪的騷動以及不快感。

或許只是自我意識過剩，也可能會被嘲笑嚴重被害妄想吧，但是她怎麼樣都無法停止想像，想像他們兩人消失身影之後的對話。

——那個人真的是妳親姊姊嗎？還真不像。

實際上，不管這個年紀比她小，連聲音也沒聽過的男生說什麼，自己只要大大方方的就好了，自己又不會因為他而有所動搖，但為什麼會如此在意呢？

在意「男人是怎麼樣看待自己」。

上大學之後，交到一起上課、一起吃午餐的女性朋友，但彷彿理所當然地沒和男性有任何交流，側眼看著享受社團活動的女性朋友們，梢子直接回家。

雖然也想嘗試打工，但母親一句「會妨礙妳的學業」而反對，梢子已經沒有絲毫力氣反抗，她不想要增添家中的摩擦。

在梓沙丟下她先走的那天，下課後直接回到家時，母親快步走到玄關來，接著嘆氣「什麼啊，原來是梢子啊」，梢子一問「怎麼了嗎？」母親回答「梓沙還沒有回來」，當時已經超過晚上七點了。

腦海中閃過的，是妹妹和那個男生站在一起的身影。

直覺莫名敏銳的母親問梢子「妳是不是知道些什麼？」但梢子扯謊「什麼也不知道」。

說了「我稍微去外面看一下」後在家裡附近走走，正好遇見騎著自行車回來的梓沙。

一告訴她「怎麼這麼晚，媽媽生氣了喔」之後，妹妹滿不在乎地拋下一句「跟她無關」。

——妳今天有看到跟我站在一起的男生嗎？

梓沙開口說道，梢子點點頭。

——我決定和那個人交往了。

梓沙如此報告。

梢子記得自己含糊一笑，隨意帶過這個話題。接著妹妹繼續說。

——因為只有阿亘，只有他對我說「妳媽是不是有點奇怪啊」。其他人雖然都會說還真過分，但最後還是會加上一句「但妳媽也是很努力想要推銷妳啊」袒護媽媽。但是阿亘對我說「妳媽應該要先好好聽妳說，了解妳到底想不想做才對」。

妹妹知道了，梢子不禁倒吸一口氣。妹妹知道梢子牆頭草的那一面，所以才會向外求救。而這也是她的宣戰，即使如此，梢子仍笑著佯裝平常心。

在那之後，妹妹只要碰到事情就會跑出家裡。

只要和母親吵架就會把男友找出來，去家庭餐廳或是在超商前打發時間。

而每次母親都會向梢子尋求安慰，梢子也回應母親的需求。

——真的很傷腦筋耶。

雖然這樣說，但也對妹妹不再暴力相向鬆了一口氣。實際感受到妹妹開始和八木交往之後，精神安定許多。

——希望安穩的生活可以一直持續下去。

這個願望也是為了梢子自己。只要妹妹看起來很幸福，她就可以不受罪惡感折磨。

但這並沒有持續太久。

為了確認男友的感情，梓沙對他說出非常多任性要求。

像是深夜兩點把人找出來，或是讓他到家裡接自己去上學等等。只要訊息晚一點回，就會罵他「你是不是不喜歡我了」，威脅他「要是喜歡我就聽我的話啊」。

聽見妹妹房裡傳來的聲音，梢子不安著再這樣下去應該無法長久。期待八木「拜託你好好撐著啊」，梢子已經不想再伸手拯救不安定的梓沙了，她想要放棄身為家人的責任。

梓沙也沒有向梢子、母親，甚至是父親尋求協助，她轉向八木渴求所有家人沒有給她的愛情，渴求他無條件的愛。

這對才高中的男生來說是個重擔吧。

八木不好也不壞的，表現出那個年紀的男生會有的反應。

決定要到外縣市親戚公司上班的他，在高中畢業的同時離開家鄉。只不過，八木沒有對梓沙提出分手。

——我會存錢之後來接妳。

——我怎麼可能拋棄妳。

他讓梓沙懷抱著這些期待後離開家鄉，但之後不再聯絡梓沙，他連分手也沒提就斬斷了兩人的關係。

梢子不停重複對每天以淚洗面的妹妹說「別擔心，妳會遇到其他更好的人」，也冷淡地看著她。

——八木會逃跑也是當然，因為被這樣依賴一定會痛苦得難以忍受啊。

但是，失去依賴的妹妹最後企圖自殺。

✚

錯過末班公車，梢子從車站走回家。她拚了命想要模糊這股想要瘋狂大叫的衝動。

她現在就能明白，她在書店上班時敵對的「女性」中，就存在著妹妹的身影。

可愛、受男人寵愛、沒想過自立的人們，梢子就是把這些人全混為一談並加以恥笑來維持自己的自尊。

而梢子會覺得這樣的自己很醜陋，最大的原因是認識了丈夫。

當梢子發現自己對直樹有好感時，她不想讓直樹知道自己和英子都說了些什麼。因為她很確定，那樣她絕對會被直樹討厭。

那時候她終於有所自覺，自己的所作所為並非不會表現在外的事情，自己到底有多醜陋啊。

希望自己是能真實展現在喜歡的人面前的人。

結果只讓他看見自己好的一面，努力不讓他看見隱藏的一面。但認為有好好隱瞞住的可能只有自己，或許早就全部都被發現了。

邊思考邊往前走，景色以飛快的速度流逝。感覺每次和興奮雀躍的年輕人擦身而過時，他們都看著自己在笑。心想或許是面無表情的女人沉默行走的樣子相當滑稽吧，梢子稍微減緩速度。

看到開心歡笑、互相嬉鬧的十多歲孩子們，就會感到很不可思議，覺得「怎麼有辦法養育出那樣直率的孩子啊」，年齡差距這麼大之後，都會感覺他們很可愛。

梓沙雖然和她們不同，但也是用盡全力對八木表現自己。

希望他接納真實無偽、和別人不同的自己，所以用盡全身力氣去衝撞。如果自己如此對待丈夫會怎麼樣呢？這突如其來的想法讓梢子發抖，這太恐怖了，她辦不到。

——結果妳就是個軟弱的人。

梢子忍不住邁開腳步奔跑。

一直想要有誰來保護自己，想要得無法自抑。但另一方面，也一直認為自己無法成為被保護的對象，所以才會偽裝自己，讓人感覺自己是可愛、溫柔又體貼的女性。

因而和真正的自己之間的反差日益擴大。
為了甩開如此軟弱的自己，梢子在夜晚的寂靜中奔馳。用盡全力。

一臉蒼白、眼神兇惡的人看著這邊。突然發現那是自己倒映在玻璃窗上的臉孔，一陣戰慄。

自從開始在購物中心工作後才知道，這裡有許多倒映自己身影的東西。明明不想看見卻會闖進視野中，每次看到都感到沮喪。

不知不覺中開始駝背，大概是想盡可能讓自己的身體小一點吧。盡可能不想讓別人看見，不想引人注目。

只要一失敗就會被扣分，一天結束時總是負債，即使睡一晚也不會回到滿分。接著又失敗繼續扣分，背負超越前日的負債結束一天。每天不停重複。

今天也很晚才下班，即使如此還是努力撐到最後，是因為明天休假。一想到不需要和店裡的人見面就很開心，但再隔一天又得要上班。

——這種生活到底要持續到什麼時候？

喃喃自語後才發現不對勁，這種事情，只要自己持續做下去，肯定永遠不會結束。

那麼該怎麼做才好呢？該怎麼樣才能變輕鬆？只能找到一個答案。

快點往前走就好了啊，但是腳步沉重。好累，好痛苦。完全想不出任何一句積極樂觀的話。

最近連書也看不下去，就算翻開書頁，也在不知不覺中不停重複看同一行字，腦袋完全無法理解其中意義。接著，感覺文字變成單純的髒汙，開始焦急起自己是不是瘋了，心情完全無法開朗起來。

——好想辭職。

對自然脫口而出的這句話搖搖頭，不能這樣做，對方特地替自己開口要了這個工作啊，不能讓對方沒了面子，不可以恩將仇報。

其實很想要和對方説話。

想要商量，也有好多抱怨想説，那些微不足道的對話都讓人好懷念。

但是，不想讓對方看見自己軟弱的一面，不想讓對方失望。

因為好不容易才讓對方相信自己啊。

不想要背叛。

○第四章○

答案近在眼前

梢子第一次和直樹說話只是偶然，而且稍微有點戲劇性，所以他才會覺得梢子很棒吧，那個場面就是會讓人產生如此錯覺。

他原本是出版社的業務員，也會來梢子工作的書店跑業務。

雖然這樣說，梢子負責的是人文類書籍，丈夫負責單行本及文庫本，所以根本沒有說話的機會。

那天，梢子正在用結帳櫃檯後方的電腦下訂單，接著聽到有人小聲說「不好意思」，梢子一抬頭，一位二十出頭的女性看著自己。

說了「歡迎光臨」後，她遞出一張紙條問：「這裡有這本書嗎？」

梢子回答「請稍等一下」之後用電腦查詢庫存狀況，但他們店裡沒有庫存，前幾天曾賣掉一本。雖然這樣說，有時電腦資料上沒有，但可能架上會有，為了慎重起見，梢子跑去跟負責人確認。

——我去看一下架上有沒有，請稍等一下。

如此說完去找負責人確認後，果然沒有庫存。梢子跑回顧客身邊。

——很不好意思，目前店裡沒有庫存，所以要另外訂貨，請問您意下如何？

問完後，她指了自己的耳朵，接著在胸前擺擺手。

——我的耳朵聽不見。

然後手指著梢子手中的筆記本和原子筆。梢子察覺意思後，在筆記本寫下要說的話拿給她看。

——請問其他分店有嗎？

梢子快速寫下「我查一下，請您稍等」給她看之後，又面對電腦。

從資料上看，縣內有分店還有一本庫存，梢子立刻打電話給該分店。

——辛苦了，我想替顧客查詢一下，可以請你幫忙查詢一下有沒有庫存嗎？

接電話的人相當不悅，差點連梢子也要跟著一起不耐煩，但她努力忍下來。

告訴對方書名與ＩＳＢＮ書碼後，聽見敲鍵盤的聲音，接著立刻得到回應。

——啊啊，有這本書喔。

梢子有點訝異，他該不會只看電子資料就說有吧？遇到這類查詢時，通常得要先暫時保留來電，接著到架上確認是否真的有庫存。如果只是要看電子資料，其他分店也看得到。

——真的有嗎？

梢子猶豫了沒問出「你有去架上確認了嗎？」結果讓口氣變得有點嚴厲。

——有啦。

對方如此回答，梢子於是拜託「那就以顧客訂單形式用公司件送過來」後掛斷電話。

梢子用筆談告訴顧客後，替她寫了訂單，但顧客在「到貨聯絡電話」上維持空白。

——因為我沒辦法接電話，所以我一週後再來。

梢子說著：「我明白了，謝謝光臨。」後低頭致意，目送她離開。但心頭騷動，真的有庫存嗎？真的會送達嗎？

此時，店內電話響起，兼職員工接起電話說了幾句，放下話筒。

——高見小姐，其他分店打來的，說妳剛剛洽詢的那本書，他們店裡果然沒有庫存。

「果然是這樣」梢子在心中咂舌後邁開腳步奔跑，得找到那名顧客說明狀況才行。如果不這樣做，就沒其他聯絡她的手段了。商品沒辦法在一週後送達，但她會跑來店裡一趟，無論如何都得避免這種事情發生。

梢子衝出書店環伺四周，接著看見顧客搭手扶梯下樓的背影。

週六人潮眾多，無法如意前進。

——客人！

梢子反射性大喊，但只有周遭的人轉過來看，因為那位顧客聽不見。

邊感到心中焦急，邊往手扶梯邁進時，顧客已經抵達一樓朝門口走去。「不好意思，很對不起。」梢子邊對手扶梯上的人道歉邊往下走，但追不上對方。

——客人！

又再一次大喊時，一張熟識的臉孔從一樓門口走進來，那就是直樹。

——不好意思！請幫我攔住那位女性！

梢子大喊，他一瞬間露出驚訝表情，但一句話也沒說，只是很客氣地喊住女性。大概發現她耳朵聽不見，直樹指了指梢子，她轉過頭看見梢子。

梢子安心地緩下腳步追上她，從口袋中拿出筆記本和原子筆，寫下發生什麼狀況，她手在發抖，字跡歪歪斜斜。

寫好遞給顧客後，低頭說「真的很不好意思」。就算被罵也是理所當然的，如果再晚個幾十秒才接到聯繫，梢子絕對無法攔住她。

肩膀被輕拍，顧客笑著說：「謝謝妳。」

——我去別家書店找找看。

「非常不好意思，如果有其他需求還請再度光臨。」梢子說完後再次一鞠躬，目送她離開。

對方沒有客訴只是運氣好，一度說有又改口都會伴隨批判。如果向出版社訂貨就得花上兩週，她大概需要盡早拿到那本書吧。明明上網就能輕鬆宅配到府，她還特地到實體書店來，這讓人相當感激。

——謝謝你，你幫了我一個大忙。

梢子轉頭向直樹道謝，直樹問她發生了什麼事情，她把事情解釋一次。

——原來如此，原來發生了這種事情啊。

他深感興趣地點點頭。

——我也有錯，我明明已經懷疑是不是真的沒問題卻沒有再次確認，太疏忽了。

一說出自己的後悔，直樹一句「但是」後接著說：「我想顧客也感受到高見小姐妳相當拚命，而且啊，對方都說有了，任誰都會不太敢進一步質疑啊。」

直樹說了：「我正好要去你們店裡打擾。」後，又說著「妳先請」要梢子先搭上手扶梯。梢子站在高一層階梯上，正好和直樹平視，她忍不住別開眼。

——但是話說回來。

他突然噴笑。

——高見小姐，妳的聲音超級大的耶，其他顧客也全都在看妳喔。

因為太拚命了完全沒注意到，梢子知道自己紅了一張臉。

——拜託你別說了……

雙手摀住臉，忍受害臊，他慌慌張張打圓場。

——不是啦，我沒有嘲笑妳的意思！書店裡有像妳這樣溫柔的店員，我也很開心啊！

在那之後，直樹每個月來店裡跑業務時，都會跟梢子打聲招呼。

聊到喜歡的作家時，一聽到梢子沒看過那本書，下一次再來時還特地帶書來借給梢子。這樣遠距離互相借書非常沒有效率，但正因為如此讓梢子對直樹有特別感情。

都超過二十五歲了，這種交往也太健康了吧。不對，或許對在東京出版社工作的人來說，這種事情才是理所當然。只是普通朋友而已。但這對梢子來說是第一次的經驗。

——別得意忘形，別太雀躍。之後得知是誤會時，受傷的可是自己啊，因為自己不可能被選上啊。

雖然這樣勸說自己，但怎麼樣都無法阻止期待膨脹。接著，每次一想到他，也開始想著不想讓他看見討厭的一面，想要隱藏起來。就算是不小心，也不想讓他知道自己會說其他人「沒用」。

越喜歡他，對於梓沙為何有辦法向男友說出希望對方無條件愛自己的疑問也越來越深。

+

「我目前沒聽說有人來店裡找妳妹妹。」

英子打電話來時，梢子正好剛洗完澡在房裡吹頭髮。她平常都是在浴室裡吹頭髮，但因為不想讓母親有機會找她說話，所以就拿著吹風機回自己房間。

再次用毛巾把半乾的頭髮包起來，裹著毛毯把手機放在耳邊。因為還沒有打掃空調，這是最快的取暖方法。

洗澡時原本想著要不要順便一起洗濾網，但結果還是放著不管了。感覺像一種祈願，祈禱自己不需要在這邊留太久。

——希望梓沙可以盡早恢復意識。

「……謝謝妳，妳已經幫我問了啊。」

道謝後，英子沒有回應，只是迅速問道。

「我可以把妳的聯絡方法告訴飯島小姐嗎？」

「飯島小姐？是可以啊，但怎麼了嗎？」

「……她辭職之後完全沒有聯絡，所以我就主動打電話過去。那時講到了妳回到這邊，還有妳妹妹的事情，她說有件事情非得要告訴妳不可。」

飯島小姐是不是知道些什麼呢？梢子努力壓抑心中急躁。

「我知道了，謝謝妳。可以請妳幫忙轉達，請她隨時都可以聯絡我嗎？」

「了解。」英子說完後一瞬間沉默，

「……大家每天都很正常地在工作。」

如此低語道。

「妳妹妹都那樣了，大家卻很正常地工作。」

「……嗯，因為是工作啊。」

梢子回答後，她高聲大喊。

「啊啊真是的！就算不想思考也會忍不住去想！如果是我遇到這種事，身邊的人會有怎麼樣的反應！」

梢子能理解英子對自己感到不耐煩，她本來就是很認真的人，所以才會對他人嚴厲。

「自己離開後店裡還是正常運轉，彷彿打從一開始就不在一樣，很正常運轉。妳妹妹都還沒有恢復意識耶，已經開始招新的工讀生了。」

英子說完後哽咽，梢子的喉嚨也同時緊縮，呼吸困難。

「這話由我來說也很可笑吧，因為妳妹妹會這樣全都是因為我啊。」

梢子努力擠出聲音，「事情是怎麼樣都還完全不知道啦。」真的還完全不清楚事實。

「因為我覺得就算那樣對待她，她也不會覺得怎麼樣，結果我也只是恃寵而驕，覺得她看起來很開朗，所以稍微嚴厲對待也沒有關係。」

這還是第一次聽到英子主動暴露出自己的軟弱。梢子知道她很脆弱。正因為如此，才總是裝腔作勢。但是，梢子從不曾聽過她責怪自己到這種程度。

「……我很能理解妳結婚之後選擇辭職，會讓人想去真正擔心自己的人身邊啊。總覺得超級空虛。」「嗯。」梢子點點頭，她想起向店長報告要結婚時的事情。空虛。就是如此。只因為是女性就無法得到該有的評價，會讓人想要大喊：「所以是無法放棄的我們有錯嗎？」

突然感覺寒冷，把鬆開的毛毯重新包好。感覺頭上的濕毛巾不斷剝奪體溫。

不知該說什麼才好，努力尋找話語。無法說出加油，也無法說出總有一天會得到回報，因為說這種話太不負責任了。梢子並沒有看見那類希望之光。

猶豫到最後。

「……總覺得，人生真的很難耶。」

說出真心所想的事情。不是怪罪在誰身上，如果只是說出單純的事實，或許也能被允許吧。

英子輕咳之後吐出一句。

「真的就是這樣，但最讓人生氣的，就是什麼都做不好的自己。」

「……我懂。」

這是第一次和英子對話時，互相承認彼此的軟弱。不是怪罪在誰身上，承認這全是自己的錯很痛苦，但也有種心情開朗的感覺，至少比怪罪在他人身上要來得沒有罪惡感。

梢子已經不想再視誰為敵人，藉此建立同伴意識了，她和英子之間的關係，一開始也是建立在喜歡的事物上。

梢子想起現在在東京家中的那本書。

「之前見面時妳說過吧，如果不是這麼喜歡書，或許工作起來會更輕鬆。」

梢子提到這個，英子回答「是啊」。

「但是啊，我會想要和妳多說話，全因為有喜歡的書喔。」

那是梢子剛就職不久，正在檢查新書商品狀況時發生的事情。她打開紙箱的瞬間，立刻看見最愛的作家的書，她記得自己忍不住忘記工作翻開封面。

——高見小姐。

旁邊傳來聲音讓她回神，英子看著她，梢子害怕被罵而縮起身體。

不管怎麼說，開店前的時段相當忙碌，得要檢查雜誌後加上贈品，檢查新書之後按類別分類；得把客訂商品和要擺上架的商品分開，特別保留起來。如果想在一小時內完成所有工作，根本沒時間可以發呆。但英子卻問她：妳也喜歡嗎？很平靜地如此問道，也讓人感覺些許冷淡。但當時，英子還從未和梢子聊過很私人的話題，所以她有點驚奇也有點開心。梢子進公司之後，一直覺得英子相當能幹。

沒有多餘的舉動，做事細心但很迅速，感覺店長非常倚賴她，讓梢子很想變成她這樣的人。

——我很喜歡，非常喜歡。

梢子一回答，英子問道：今天要買嗎？

——我要買，絕對要買。

用力點頭後，英子從紙箱中抽出兩本書。

——那就先把我和妳的份留起來吧。

接著拿起書快步往結帳櫃檯後方的顧客訂單商品區走去。

「……有這件事嗎？我都不記得了。」

英子語調冷淡簡單帶過，但認識多年，梢子知道她只是在掩飾害羞。

「我知道妳和飯島小姐，還有其他在書店裡工作很多年的人，大家都很喜歡書或書店。雖然平常不會多談，但無庸置疑是妳們創造出來認真面對工作的氛圍。」

說著說著才發現，自己的一部分是她們創造出來的。至少在那六年內，梢子非常努力，這點可以很自豪地大聲說。

「總之，」英子邊吸鼻子邊轉換話題，「我把妳的聯絡方法告訴飯島小姐，那就先這樣囉。」梢子還沒說完謝謝她就掛斷電話，今天在彼此面前展露太多軟弱的一面了。放下手機拿起吹風機，解開毛巾。毛巾綁太久，頭髮都被壓出痕跡來了。用手梳開頭髮吹風，濕潤的頭髮開始溫熱，漸漸變得柔順飄逸。

✚

「高見小姐。」

走進家屬休息室中的男性用舊姓喊梢子，她抬起頭。

帶著疲憊的臉映入眼簾，梢子一瞬間想著「是誰啊？」而停止思考。明明是熟識的臉孔，卻想不起來是誰。

接著想起是自己工作書店的副店長時，梢子不禁苦笑著自己還真是無情呢。就算是在店外見到，竟然沒發現他是半年之前還每天一起工作的上司。

「田中副店長，請問怎麼了嗎？」

副店長田中彬人微笑著說是來探望妹妹的。梢子這才發現，之所以沒察覺到他是誰，是因為他戴著以前沒有的眼鏡。帶有玳瑁光澤的鏡框框住他的眼睛，讓他的表情變得柔和。

「不好意思，讓你費心了。店裡應該很忙碌吧？」

「哎呀，真的很忙，其實我根本沒空跑到這種地方來。」

田中這句話讓梢子倒抽一口氣，但他突然變了臉色連忙圓場，「哎呀，我開玩笑的啦，再怎麼樣也是參加店裡尾牙時遇到意外，就算再忙也要來探病一下。」梢子邊說「不好意思」邊低頭致意，忍下苦笑。真是太有他的風格了，說話輕率的同時，也會害怕地加上一句明哲保身的話。雖然語調與態度柔和，但絕非因為溫柔。

「這給妳和家人們吃。」收下他遞出的紙袋，白色紙袋上有深褐色的商標，這熟悉的設計讓梢子感到懷念，是長年受當地人喜愛的餅乾。

「謝謝你，我們全家人都很喜歡這個。」

道謝後，他笑著說話。

「啊，這是我請關小姐休息時去買的，因為我根本不知道女孩子喜歡哪種點心啊。」

知道這是美里選擇的之後，梢子也能理解了。因為之前曾經聊過這餅乾雖然不亮眼，但會讓人停不下來。得知美里還記得這件事，光這樣就讓梢子感到開心。

但聽到是她休息中去買來的，一種無法用言語表達的心情靜靜擴散開。

就算美里人再好，比較容易拜託她幫忙，也不能在工作以外的時間拜託她做事吧。

「……這種事情啊，我覺得問妳好像也不太對啦。」

田中重新戴好眼鏡後看向梢子，從他直直注視著梢子眼睛說話的樣子，完全察覺不出異狀。

「總公司交代的，要我們問問看妳妹妹是不是有受到職場霸凌或是職權騷擾，妳有聽說什麼嗎？」

梢子的心臟猛力一跳。

「……請問是有傳出這類的謠言嗎？」

梢子一問，田中慌慌張張揮手。

「沒有沒有，不是這樣啦，他們頂多只是想問問看有沒有這種可能性而已。哎呀，聽說有其他分店的工讀生辭職之後，告上法院說遭到正職員工歧視孕婦，所以總公司也變得很敏感。」

「……原來是這樣啊。」

田中洩氣地說著「真是傷腦筋了」，但梢子沒有共鳴。

想說傷腦筋的應該是提告的女性吧，雖然不清楚詳情，但總公司真的很不體貼職業婦女。兼職的主婦確實很容易排休，但單純因為不這樣做就沒辦法確保人力，而非理解工作人員的狀況之後做出安排。上級都這樣了，下屬會有同樣的想法一點也不奇怪，很悲哀。

「對排班表的人來說，當然是沒請假風險的人比較好啊。要是有小孩動不動就要請假，就會擠壓到其他人的工作，這會讓大家緊繃，連帶氣氛變得很差。既然如此，單身或沒有小孩，不怎麼要求什麼時候要休假的人比較好用啊。但不管怎麼樣，女性只要結婚就會辭職了啊。」

梢子一句「應該是公司強迫員工辭職吧」差點衝出口，一想到在此之前，只要一結婚就會不由分說遭到辭退的女性職員，梢子心中的怒意就不停升溫。

而梢子也深刻感受到，她現在在田中心中肯定也已被分類為「很難用的人」。

「但要說單身的人是不是全都能派上用場，又不能這樣說啦。」

「咦？」梢子如此反應後，田中讓她看了身邊的紙袋，那和他剛剛送給梢子的相同。

「接在妳後面來的正職員工真的很沒用，我待會還得要去幫忙處理他的客訴問題。他本人大概是害怕客訴吧，搞出問題後一直無故曠職……算了，能不能當個有用的人全要看他自己啦。」

這個結論還真隨便，梢子表情僵硬，但她不認為說了他會懂。但是，梢子無法阻止自己開口。

「……我想，大家面對工作都想了很多。」

梢子一說，田中驚訝地睜大眼睛「咦？」了一聲。

「主婦也不想要突然請假，所以才會覺得就算不是上班時間，犧牲自己的休息時間去幫忙買探病禮物這點小事也是無可奈何。幫忙負擔工作的單身員工也能理解各種狀況，但當工作量變大時也是邊煩惱著到底該怎麼處理邊工作……不是一句有沒有用可以總結。」

用力嘆一口氣。說出口之後讓怒意更加上升，梢子聲音顫抖。

「員工也是有感情的人類，而不是為了店工作的機器。」

田中吞了吞口水僵在原地，他看起來相當不滿，但並非沒有聽懂梢子想說什麼。

梢子認為，當時果然有非常多太不合理的事情了。

舉例來說，光講請特休就好了。非正職員工也能請特休，法律就是如此規定，但實際狀況不同，根本沒有兼職人員請過特休，就連正職員工也沒請過。

——來自上級的壓力。但社會上有多少人敢與之對抗呢？對抗之後又能有什麼改變？

就連田中，雖然他在店裡排行第二，但他上頭的上級何其多，有很多人擁有比他更強的決定權。也有因為強勢向上級提意見，結果遭到不合理調職對待的人。

店長和副店長都有家人，就算他們做出不正確的事情，那也是為了保護家人，又怎能苛責他們呢？

——但是，帶來的後續效應全部會由下屬承擔。弱者壓榨更弱者。

梢子對呆愣無言的田中鞠躬說「今天真的很感謝你前來」，真心希望他可以盡早離開這裡。

「我也會幫忙調查妹妹身上發生什麼事情，如果知道什麼了會再聯絡你。」

田中發出「啊，不是。」這不成句的聲音，相當不知所措。梢子不知道他是不是有什麼頭緒，但他或許擔心著自己該不會被告吧。

「先失禮了。」梢子說完後走出休息室，但她無處可去。雖然天氣寒冷，但她決定去中庭繞一圈發洩這股怒意。

走出中庭，用力深吸一口氣。肺臟瞬時變得冰冷，淚水浮上眼眶，臉孔往正中央扭曲，梢子努力忍受。

——我這不就說出口了嗎？

雖然比起看對方臉色迎合對方的意見要花費更多體力，但也因此可以不用討厭自己。

梢子在中庭繞了一圈之後回住院大樓，對田中的情緒已經宛如退潮般平靜下來。

隔著加護病房的玻璃注視著梓沙。

還什麼事情都不明瞭，但梢子無法阻止自己去想，妹妹或許是成為什麼事情的犧牲者了吧。

如果在從上游往下游流動的水中，注入工廠廢水之後會怎麼樣？汙染物質會不停朝下游流去，累積在最終抵達之處，最後不知該往哪裡去吧。而這得要花上多龐大的時間，才有辦法恢復原本的澄清呢？

會有人責怪「都是下游不往上游推回去的錯」嗎？不悅與責任只是不停往更下層推諉。梢子想做的事，跟去除汙染物質差不多。追逐往下流的東西，掙扎著想要清理去除。或許很難，但梢子已經不會再想要就此放棄了。

✚

當梢子在自己房裡沉思時，聽見一樓傳來母親的怒吼。不知發生什麼事情的梢子嚇得衝出房間下樓，接著看見父親和母親站在玄關。

「爸，怎麼了嗎？梓沙發生什麼事了嗎？」

梢子開口問彎腰脫鞋的父親，但回答的人是母親。

「他說他累了所以跑回來了耶！妳敢相信嗎？」

母親歇斯底里的聲音很吵，梢子「呼」地吐了一口氣維持平常心。無言站在玄關的父親的側臉確實很蒼白，看起來一點也不健康。

「你要吃點什麼嗎？」

梢子一問，父親說著「不了，我要睡一下」想直接朝寢室前進。

「你連梓沙也不要了嗎？」

那是宛如孩童嚎啕大哭的叫喊聲。轉頭一看，母親一臉漲紅抬頭瞪著父親。

「……什麼叫不要了，就算我待在醫院也什麼都做不了啊。」

父親刻意大嘆一口氣拋下這句話。看見兩人這一往一來，梢子突然發現……

——這次回來之後，第一次看見父親和母親兩人單獨對話。

他們到底是從何時開始不說話了呢？

「你總是這樣，總是這樣想要逃避責任！」

「我什麼時候逃避責任了！」

看見父親激動大喊，梢子冷靜想著「啊啊，他現在被戳中痛處了」，雙親越激動，梢子就感覺自己越冷靜。

「你隨時隨地都在逃避責任！梢子出生那時也是！梓沙出生那時也是！」

母親口沫橫飛。不知是沒有發現還是不在意，她目不斜視地瞪著父親繼續說。梢子逃避現實地看著滴落地板的唾液飛沫。

「梢子出生不久後，你和媽說了什麼？你們說『女生長成這樣塌鼻子太醜了，以後嫁不出去該怎麼辦啊』這種話耶！」

父親嗤鼻一笑，「妳現在是在講哪時的事啊。」這冷淡的聲音讓梢子抬起頭，感覺父親的臉看起來是長得很像父親的陌生男子。

「所以我讓梢子努力念書，希望她將來可以獨立自主！想要讓她可以一個人活下去！梓沙出生那時也是一樣！她不過只是發育比其他小孩稍微慢了一點，你就滿口『這孩子該不會有什麼障礙吧』說些讓我不安的話！所以我才會想要把她養成一個可以用美貌活下去的孩子啊！」

母親大聲尖叫「你說我到底哪裡有錯！你根本什麼都不願意為我們做啊！」後，跪地癱軟在地板上。唾液弄髒她的褲子，梢子擔心起這無關緊要的事情。

——不是該注意這個，媽媽剛剛說了什麼？

母親所說的話還是梢子第一次聽到，她根本沒想過，沒想過母親為什麼要求自己念書，想要讓梓沙從事演藝工作，原來是希望女兒們能獨立自主啊。

梢子心情動搖，一句話也說不出口。以為很自私的母親，現在感覺看起來很不同。

「妳別笑話我了。」

父親再度嗤鼻一笑。

「根本沒獨立自主過的妳是在說什麼大話。」

讓人心臟一縮的這句話，梢子發不出聲音來，母親也突然沉默。母親連父親的臉也沒辦法看，低頭看地板僵住了。

「妳才是在逃避吧，妳很討厭我媽和我姊嘛。」

母親沒抬起頭說：「是媽她們討厭我吧。」

「我媽也只是希望妳可以跟普通人一樣做好家事而已吧！」

梢子反射性喊出「爸」想要調停，但父親彷彿忘記梢子的存在，看也不看她一眼。

「如果我沒在相親時看上妳，妳現在會怎麼過！根本沒有出去好好工作過，妳以為妳要靠什麼生活啊！我賺錢養妳，也不過只是要妳跟普通人一樣好好做家事、帶小孩而已啊！」

母親已經一句話都說不出口，全身無力癱坐在地上，她看起來像是稚兒又像是老婦。

「我已經累了！不管是妳還是梓沙，隨妳們高興！」

父親完全不看母親一眼，走進寢室關上房門，沒發出絲毫聲響。

該跟母親說什麼才好呢？梢子對自己有如此想法嚇了一跳。直到剛才都還因為不想看見母親的臉而躲在自己的房間裡耶，現在卻無法置之不理。

「……我們去梓沙那吧。」

梢子一出聲，母親用力抬起頭，她臉上有明顯淚痕。

「我們去醫院吧，妳陪在梓沙身邊，她肯定也會很開心。」

梢子說謊了，她不認為妹妹會感到開心。只是為了安慰母親而說出違心之論，只不過和以往不同，這次不是為了要討母親開心，而是希望她打起精神來。

「我去換個衣服，妳也去做準備吧。」

梢子沒等到母親回應便走上樓梯。

兩人一起走到大馬路上攔計程車，一起坐在後座，感覺母親變得好瘦小。努力回想母親之前背有這麼駝嗎？但完全回想不起來。只是這樣就讓梢子發現她一直在逃避看母親。

只不過，明明是匆忙離家，母親也一絲不亂地把黑髮在後腦勺綁成一束，塗好膚色唇膏，讓梢子覺得真有母親的作風，隨時隨地都在意外人目光。

母親的化妝，比起樂在其中更給人義務感的感覺。如果不這樣做，就不知道會被講什麼，是為了不被批評而做，僅此而已。

到醫院的路上完全沒有對話，只不過，已經沒了以往那種面對母親時會有的緊張感了。感覺虛張聲勢的母親失去所有盔甲，現在一絲不掛。面對這樣毫無防備的人，也不會想要做好隨時都能攻擊的準備。

一到醫院，梢子付了車資後下車。母親一聲不吭走在自己身後，就像母女角色對調。

穿著大衣在加護病房前的沙發上坐下，醫院走廊彷彿光線無法抵達的深海般寧靜，連腦袋也變得沉靜、安穩。

「……妳真的學字學得很快，我還記得很清楚。」

母親突然開口說出這句話，轉頭一看，她一臉柔和地看著半空中，彷彿年幼的梢子就在她視線前方。

「……是這樣嗎？我不記得了。」

梢子不記得自己是母親口中那樣優秀的孩子，只記得母親買來大量給幼童寫的練習簿，總是一臉怒氣地在梢子背後監視她。

「我從妳還在肚子裡開始，就會讀繪本給妳聽，去圖書館借。繪本價格不便宜啊，所以都去圖書館借。」

母親沉浸在幸福中的語調，彷彿她置身有別於此處的地方。

「在妳對繪本產生興趣的時候，我覺得我果然沒有做錯，這樣一來妳就沒問題了，我確定妳可以變成能好好活下去的小孩，我好驕傲……覺得妳可以不用變成跟我一樣的人。」

母親的表情染上陰霾，梢子嚇了一跳，因為她從不曾聽過母親說這種貶低自己的話。

「……跟妳一樣是什麼意思？」

「……媽媽和普通人有點不同，對吧？」

突如其來的一句話讓梢子喉嚨一緊。

「我從小，身邊的人就一直說我跟普通人不同，為什麼無法理解其他小朋友的心情！為什麼會這麼不機靈！明明是女孩子，為什麼會這麼笨拙！為什麼連房間都沒辦法整理乾淨！照這樣下去，妳沒辦法在社會上生存……不管父母說幾次，我都沒辦法做到他們的要求。」

母親自嘲笑著「到底是為什麼呢？」梢子不知該說什麼。

「我和妳爸是相親……因為我爸媽很怕我自己一個人活不下去，所以我高中畢業後就去找人相親。我看到照片也完全沒感覺，只覺得這個人的臉孔好模糊喔。」

梢子至今不曾詳細聽聞父母認識的經過，說著「原來是這樣啊」附和。

「……妳為什麼會和爸結婚？」

梢子感到疑惑開口問。她不覺得父母有相同興趣，也不覺得他們兩人合得來，她從來不曾見過兩人感情要好相處的一面。

「因為我覺得我自己一個人活不下去。」

母親斬釘截鐵道。她認真的側臉看在梢子眼中，美得甚至讓人感到恐懼。

「……什麼？」

梢子皺眉。

「因為我沒有去工作，然後靠自己力量活下去的能力。事到如今，他可能會覺得我在利用他吧。」

雙臂瞬間冒出雞皮疙瘩，不是因為對母親的言行感到恐懼，而是對精準理解這個意義的自己感到驚訝。

「妳覺得媽做錯了嗎？」

母親一問，梢子思考了一下該說什麼，接著明確回答。

「妳沒有做錯。」

梢子沒有說謊。這不是要討母親歡心，也不是要安慰她，而是梢子的真心話。

母親看向梢子，這是她抵達醫院之後第一次抬起頭，她的臉上展露訝異。

「……因為啊，不管是怎麼樣的人，都得要活下去才行。為了活下去不管做出怎麼樣的選擇，我覺得外人都沒有資格指指點點。」

母親眼中瞬間盈滿淚水，低頭想隱藏淚水的母親，和梓沙一樣給人有點年幼的感覺。

「我去一下洗手間。」

梢子說完後起身，母親帶著哭腔回答「小心點」。雖然有點掛心，但梢子沒有回頭，因為感覺自己會說出多餘的話。

走進樓梯旁的洗手間後，感應燈隨之點亮。看見倒映在眼前鏡中的自己，一瞬間以為是梓沙。

直盯著自己的臉看之後，接下來又覺得和母親非常像。明明對自己的容貌那樣自卑啊，但果然還是有點像，說我們是家人肯定不會有人懷疑。

說自己「不是普通人」的母親，至今到底曾經被多少人說過這種話呢？這句話肯定不是被用在好的意思上面，大多都是用來說她劣於他人。

如果說母親極端的教育是希望女兒們可以獨立自主，會覺得不管是怎麼樣異樣的方法都讓人開心，所以連自己也搞不太清楚自己了。梓沙現在不知是否能恢復意識的狀態，分明很可能是她這樣做而造成的啊。

即使如此，梢子心中已經不再有想責備母親的心情了，因為她深切地理解母親。

在梢子和直樹互相借書的曖昧期，梓沙不停換打工。她不去工作悶在家裡的時間也增加，但每個人都想著，只要她還活著就好。因為曾看見她差點死掉的樣子，無法不這麼想。

但，人是適應力很強的生物。

——她也差不多該冷靜下來了吧。

——她的傷痛應該已經消退了吧。

——我們已經給她夠多的時間了吧。

明明原本只要她還活著就謝天謝地了，漸漸地開始不滿足於此。但梢子沒去面對「為什麼？」這根本的問題。

沒想到，給出答案的人是母親。

在辭掉不知道第幾個打工後，梓沙悶在自己房裡不出門。這天父親去上班，梢子書店排休，和母親一起在起居室吃午餐。

母親炒的炒飯有許多結塊沒炒散，就算說場面話也稱不上好吃。自己煮絕對好吃許多，但母親不想要讓梢子進廚房，梢子也放棄提意見了。

桌上擺著替梓沙留的炒飯，她大概會算好家人離開起居室的時間偷偷下樓把東西拿回自己房裡。每次看見為了梓沙準備的東西時，就會有根小刺扎進梢子心胸，但她裝作沒發現，視傷痛而不見。

母親明明才剛開始用餐，卻把湯匙放在盤子上，對梢子說道。

——那個啊，如果梓沙一直這樣下去。

梢子對母親說出這種就算思考也沒用的話題感到不耐煩，但也回問「這樣下去怎麼樣？」

——我們死了之後，妳也要繼續照顧她喔，因為妳是姊姊啊。

聽到母親這句話的瞬間，梢子才發現自己到底在恐懼什麼，到底是想要遮掩什麼，接著對這份恐懼發抖。

如果一直不結婚，或許得留在老家照顧妹妹，就這樣結束自己的一生。

而母親也是如此期待，漠不關心的父親大概也理所當然有相同想法

——所以不管我怎麼想嗎？是把我的人生當什麼啊？

恐懼感過去後，憤怒隨之湧上。梢子不是覺得妹妹不可愛，但一種接近不講理的反被怨恨的情緒快要冒出頭來。

梢子含糊一笑，沒有給出明確答案，說了「我吃飽了」後把盤子放到洗碗槽。她知道自己轉過頭背對母親的瞬間，臉頰開始抽搐。

腦海中不停思考有沒有逃避這件事情的方法。

就算說想出去自己住，母親絕對不會同意吧。已經可想而知母親會用「家裡到職場的交通方便，根本沒必要離家吧」的理由反對。

需要一個非離家不可的理由。

接著發現了。

——只要結婚就好了啊。

可以的話，找個住在離老家很遠的地方的人結婚最好，只要拉開物理距離，光這樣就能不需要有牽連。

直樹是最佳對象。

無庸置疑她對直樹有好感，而且也沒其他喜歡的人，她也想和直樹變得更加親近。但這無法成為她自己展開行動的原動力，因為她總是很被動，連約他去吃飯也做不到。

但梢子當晚就傳訊息給直樹，因為直樹已經確定下次要來店裡的日期，梢子問他晚上要不要一起去吃飯。梢子不害怕會被拒絕，她現在更害怕就這樣停滯不前。

直樹雖然有點驚訝，但很爽快地答應了。如果在車站前可能會被書店的人看見，所以梢子選了稍微遠一點的店，而那家店也在之後成為他們兩人瞞著其他人一起去吃飯的地點。和他相處時，除了有想和他在一起的想法之外，也一直懷抱著想要離家的心情。

——帶我離開這裡。

現在回想起來會覺得自己太過仰賴他人了，但當時除此之外想不到其他辦法。

在直樹開口希望梢子和他交往後經過兩年時光，梢子也不曾對任何人提及這件事。因為不知道消息會從哪裡流出被母親知道而遭到阻撓，為了要離開那個家，無論如何都不能被破壞。

所以當直樹求婚時，梢子心中有無可言喻的喜悅以及解脫感。

——我被選上了，這樣一來就沒問題了。

但一結婚開始一起生活之後，才發現自己心中有強烈的罪惡感。

早上送丈夫出門上班，當家中只剩自己一人時，會失去所有情緒只是漠然虛擲光陰。過了中午才終於有辦法做家事，拚命趕在丈夫下班回家前做完。

在這之中，「自己該不會利用直樹了吧」的疑問總是糾纏不休。丈夫對她越溫柔，越是個能幹的人，梢子就越無法不去想自己是個性格惡劣的女人。

所以剛剛母親用「利用」來表現她和父親結婚的理由時，梢子覺得自己果然是母親的小孩。

——只是在重複相同的事情啊。

梢子注視著鏡中的自己。一個恐懼的女人回看她，自問自答：「自己真的做了那麼糟糕的事情嗎？」

——那妳能告訴丈夫嗎？說妳因為想要離家才結婚。

不想說，梢子搖搖頭。接著反駁「但不只是這樣，我喜歡直樹」。

——那妳為什麼沒有辦法溫柔對待日漸虛弱的丈夫？

如此一問，梢子只能沉默。

——結果妳還是最疼愛妳自己啊。

真想要痛罵自己「妳性格真惡劣」，但是……

——我想離開家裡，也喜歡直樹。我不是只有其中一種情緒，兩種情緒都是真的。

梢子一反駁後，腦中的自己再也不說話了。

和母親整晚坐在沙發上迎接早晨，梓沙仍舊沒有恢復意識。

在醫院前搭上計程車回家，朝陽穿過車窗，刺痛紅腫的眼睛。

在筋疲力盡的梢子身邊，母親的背脊比來時挺得更直。梢子心想，母親本人或許也很在意自己一直沒到醫院去吧，母親大概也用自己的方法努力接受梓沙現在的狀態。

一回到家，母親說想沐浴便走進浴室。梢子坐在起居室沙發上發呆，父親彷彿算準了時機現身。

「妳媽在洗澡嗎？」

「對。」梢子點點頭。

「我現在去醫院……對不起。」

父親只留下這句話後關上門。

接著聽到車子引擎聲，知道父親出門了。淋浴的聲音也停止，感覺母親回寢室去了。

梢子在沙發上橫躺，閉上眼睛。

外頭傳來小孩子喧鬧的聲音，彷彿追在孩子身後般，隨即響起成人男女的聲音。是孩子們的雙親吧，聽起來非常愉快。

想要讓沉重的大腦清醒，但沒辦法做到。感覺有好多非思考不可、非做不可的事情，但就算勉強清醒似乎也什麼都做不到。

半夢半醒間，似乎聽到手機震動的聲音。梢子迷糊中想著「肯定是飯島瑞希」，但沒有確認就睡著了。

+

梢子和瑞希約在車站大樓裡的書店前碰面，梢子上午去醫院，傍晚直接前往車站。

前一天去醫院和父親換班的人是母親，梢子很擔心她連續兩晚深夜不睡真的沒問題嗎？但發現母親或許是不想和父親單獨待在家裡，便順從地麻煩母親了。

一月也過了四天，感覺新年氣氛轉淡許多，擦身而過的人們也談論著下週即將開始的學校或工作上的話題。

梢子原本想著在書店前面等待可能比較容易辨識，但還是不小心受到吸引走進店裡。雖然這只是個小賣店規模的書店，但是一家打理得整潔乾淨，話題作品也無一不缺的好書店。只要來到這邊肯定可以買到暢銷書，這家店就是令人如此信賴。

在梢子看著新出版的文庫本時，從書店前經過的瑞希闖進她的視線中。

「飯島小姐。」

梢子輕輕舉手向她打招呼，她也發現梢子，輕輕點頭。梢子把手上的文庫本放回架上，走出書店。

「非常感謝妳特地前來，過得還好嗎？」

回答「普普通通啦」的瑞希表情僵硬，梢子對此受到一點打擊，她以前是表情更加柔和的人耶。

在梢子想著「她果然還對自己沒有直接向她報告結婚的事情有疙瘩嗎？」時……

「……對不起，我有點累。」

瑞希加上這一句話。

「新工作很忙嗎？」

梢子一問出口，瑞希的表情更沉重了。

「這些等等再說，總之先進店裡吧。」

梢子點點頭，跟在邁開腳步的瑞希後頭走。為了前往頂樓的美食街搭上手扶梯，梢子呆呆看著面向前方不發一語的瑞希背影，感覺好像是第一次像這樣看著靜靜不動的她。

梢子不曾在私底下與瑞希外出，但她們常常在書店所在的購物中心裡一起行動。一起到休息室、參加防災演練、早上打掃……

大概因為瑞希從開幕就在店裡工作，店長相當信賴她，所以常常要她參加購物中心主辦的活動。梢子也常被選出來和她搭配，那時聊了很多事情。

瑞希和英子相同，總是動作俐落。不對，或許可說是英子受到瑞希影響吧，創造出店裡嚴肅緊繃氣氛的，無庸置疑就是瑞希。

而這樣的她就算是搭手扶梯，也會說著「對不起，我沒辦法站著不動」往上跑，活力充沛的她總是帶領著整家店往前衝。

而現在，她就這樣靜止著。

梢子心想，是發生什麼事情了嗎？但完全想不出個所以然。

瑞希選擇的不是現下趕時髦，而是留有懷舊風情的咖啡廳。深褐色地板及桌子，創造出寧靜舒適的空間，雖然是第一次上門，但這家店讓人感到很舒服。

「這家店的蛋包飯很好吃，不是淋法式多蜜醬，而是淋番茄醬，很懷舊吧。蛋也不是半熟蛋，而是薄蛋皮。」

瑞希邊翻開菜單遞給梢子邊說，她大概早已決定好要點什麼，連看也沒看。梢子邊回「這樣啊」邊翻菜單，拿坡里義大利麵、紅酒燉牛肉、雞蛋三明治等等，每張照片看起來都很好吃，但梢子沒有忘記瑞希的說明，說道。

「那我點蛋包飯套餐。」

瑞希招來店員，點了兩份蛋包飯套餐。

感覺走進這家店之後，瑞希的表情柔和許多。梢子拿過冰水，用水潤喉後問：「妳常來這家店嗎？」

「……這是從小就和我家人會一起來的店，我們家只要有什麼值得慶祝的事情，一定會來這裡。」

「很棒的店呢，一種接納所有人的感覺。妳最近也常來嗎？」

下一秒，瑞希的臉色又沉了下去。

「……最近沒什麼來。」

她伸手拿起冰水，沒再繼續說下去。

「……我從英子那邊聽說妳辭職了，其他也有很多人都辭了，我去店裡時，大家果然看起來都很忙碌。」

她驚訝地抬起頭。

「妳有去店裡啊？」

梢子擔心著自己是不是說了什麼不該說的話，還是回答：「對。」

「店裡的狀況怎麼樣？」

瑞希筆直地看著梢子的眼睛問。

「……有種整理不及的感覺，架上貨品也空缺很多，讓我覺得他們應該很傷腦筋吧。」

瑞希「哼」的一聲嗤鼻一笑，梢子還以為自己看錯了，但她真的在笑。

「活該。」

難以想像這句話出自謹言慎行的瑞希口中，梢子以為自己聽錯了，但她確實不屑地說出這句話。

「我希望他們越傷腦筋越好，因為聽說我辭職之後，有很多人跟在我後面辭職了。」

梢子不知該說什麼而沉默，瑞希又接續如此說道。

「……妳希望誰傷腦筋嗎？」

梢子鼓起勇氣問出口，瑞希一瞬間視線游移後小聲說話。

「……是誰呢？」接著沉默。

梢子沒辦法看瑞希的臉，只能看著她的手。瑞希放在桌上的雙手緊握成拳，梢子無謂擔心著「這樣指甲會嵌入肉中啊」。

「……大概是輕視店員的正職員工們吧，真希望在被他們看輕的店員離開之後，他們能深切感受到大家有多重要，希望他們發現很傷腦筋時已經太遲了。」

「是發生什麼事情了嗎？辭職的理由……」

聞言，瑞希右眼的眼瞼抽了一下，肌膚白皙的她眼頭泛紅，梢子有點擔心她是不是沒什麼睡覺。

才感覺聞到奶油鬆軟的香甜氣味，店員已經從背後端來蛋包飯。放在桌上的餐盤上有蛋包飯和沙拉，旁邊又擺上一杯紅茶。

食物熱氣撲上臉頰，或許是淚腺變發達了吧，光這樣就讓人泛出淚水。

「……我是覺得一點也不被店裡重視，所以就辭職了。」

瑞希邊拿湯匙給梢子邊說。

「店長對我說，女人不管怎麼努力，都不可能從約聘員工轉成正職員工。說女人會突然結婚就辭職，或是請產假，很難調工作單位所以不會讓女人轉正職。還對我說，如果那麼想當正職，就該在大學剛畢業那時應徵正職……明明現在在約聘員工的徵人啟事上也寫著有轉任正職的制度啊，如果真是這樣，真希望他們明白寫出此制度不適用於女性耶。」

瑞希又丟下一句「但說了也不可能有任何改變，所以我也沒說」。

「聽說妳也對英子說了快點放棄這家公司比較好……」

「如果想要換工作，趁著年輕比較有利……像我這樣年過四十之後，因為年齡限制連面試機會都沒有。」

桌上的蛋包飯漸漸轉冷，但她完全不想開動。

「和同齡的朋友說了之後，他們還笑說這是當然的啊。還說我住老家，做非正職工作享受人生，現在苦頭來了也不能抱怨……我又沒有輕鬆享樂。」

「嗯。」梢子點點頭。

「我已經好幾年週末、國定假日都沒有休息了，盂蘭盆節、新年和黃金週都一直上班。覺得得有人來上班才行，比起出去玩，去店裡上班更有趣。工作是很愉快沒有錯，但我沒有輕鬆享樂。」

一字一句都透露出她的不甘，梢子也在不知不覺中握緊手。

「朋友還說，妳很早就知道書店的薪水很低了對吧。我根本沒有想要超規格的薪水，但只是因為『是女性』這種理由就沒辦法得到正當評價也太奇怪了。即使如此，朋友還是說了，我沒有早點發現這是這樣的職場，所以是我的錯……說我得自己負責。」

之所以遲遲找不到該說什麼，是因為感到焦躁。好想要否定瑞希朋友對她說的每一句話，卻想不出該怎麼說才能不傷害她。

「……妳才不需要負責。」

梢子好不容易擠出這句話。因為這太奇怪了啊，如果瑞希辭職，就會有新人進來，如果也是名女性，結果終究無法升為正職。如果對此感到不滿那就辭職吧，因為得要自己負責嘛，但這樣一來，就不會有任何改變。不管多有能力，只要是女性就沒辦法升遷，絕對是這種制度太奇怪了啊。

「……我都辭職這麼多個月了，現在還會夢到店長或副店長耶。」

可以發現瑞希緊咬嘴唇，努力不讓自己哭出來。

「在夢中，店長打電話到我家來，邊哭邊懇求我『飯島小姐不在之後，我們店裡無法運轉，所以拜託妳回來』，我就說著『真拿你沒辦法』，然後讓他答應我，要以正職聘用我，我才要回去……明明不可能發生這種事啊。」

她自嘲一笑，彷彿現在才發現有紅茶存在，伸出雙手把茶杯包在雙手中。

「……妳知道我提辭職的時候，店長和副店長對我說了什麼嗎？」

瑞希突然直視梢子的眼睛，讓梢子不知所措，接著搖搖頭。

「他們說，能取代我的店員要多少有多少。」

說完後下一秒，淚水湧出瑞希的眼眶。

「能取代我的人要多少有多少……我心想，原來只有這樣啊，我開始搞不清楚我先前到底為什麼那麼努力了。出版社的業務聽到我要辭職都替我抱不平，還鼓勵我，但對書店高層來說，店員只是用完就丟的免洗筷。如果不是這樣的話，都這種時代了，連正職的女性員工也得在結婚後辭職，這也太奇怪了吧。」

瑞希笑著說「對志田小姐說這種話也沒用就是了」。

瑞希是個可以脫口說出已經辭職的人的新姓氏的人，梢子現在才想起，田中副店長現在還是用舊姓喊自己。

「……我也被說了，在要辭職時被店長說了。」

梢子一開口，瑞希抬起頭，梢子直視著瑞希的眼睛。告訴她「不只是妳」會有什麼改變嗎？梢子也不清楚，但她不想要因為沒說而後悔。

「副店長對我說，要是東京有分店，妳或許還能轉調過去工作呢。我雖然想著明明就沒有那種前例啊，但還是有點開心，覺得自己被需要。但店長對我說了『高見小姐不見得要在書店工作也無所謂吧』。」

梢子也拉過紅茶杯，用紅茶暖手。臉蛋倒映在紅茶表面上，眉尾下垂，梢子不禁苦笑還真是張沒志氣的臉。

「……我喜歡書店，喜歡在那邊工作，也自認為很努力工作了。咦？他沒有感受到這些嗎？然後就感到很無力。」

至今從未對任何人說出口，因為感覺太丟臉，自己有「這家店沒了自己就無法運轉」的想法太丟臉了，而且高層根本不這麼想。

「我接著感到很不可思議，那店長又是怎麼想的啊？盂蘭盆節、新年和黃金週都沒休息來工作，沒辦法請特休也很難連休好幾天，搬重書搬到肌腱炎貼藥布，然後笑著說『這也是職業病啦』，他對這些日子又是怎麼想的……明明是因為喜歡書店才願意承受的啊。」

梢子想著大概表示根本不需要有心吧，他大概只想要淡漠地，完全不放入自己的心情，可以跟機器人一樣工作的人吧。喜歡書的心情只是多餘的。

如果是這樣，到處都可以找到時薪更高的打工。如果不堅持要在書店工作，超商的薪水還比書店高，但即使如此還選擇在書店工作，果然是因為其中有特別感情啊。

「……已經辭職的我來說這種話也沒用就是了。」

梢子如此說道，像要說給自己聽。已經結束了，別回頭看，要往前進。

從杯中抬頭一看，瑞希哭泣的臉龐闖入視野中，這才想到她也是辭職的人。

「……飯島小姐。」

「我完全無法前進。」

瑞希和梢子同時開口說話。

「原本想著『肯定有其他願意評價自己表現的職場』才辭職的，但都在履歷這關就被刷掉。別說給我評價了，我連讓我工作的地方也找不到……在書店工作十五年太漫長了。」

她輕輕嘆氣。

「我從開幕起就在那家店工作，看了許多人進來又辭職，突然有天發現，從開幕起就在這裡工作的只剩下我一個了，也開始發現連常客都出現『咦？最近沒看見耶』的人……我也曾經害怕起，該不會完全沒變化的只有我一個人吧。」

淚水滑過瑞希臉頰，梢子從包包中拿出手帕遞給她。

「對不起，謝謝妳……但我果然還是喜歡那家店。」

瑞希接過手帕，擦拭自己的眼睛。

「……但是，我也該面對現實才行了。」

她縹緲地微微一笑，梢子也跟著點頭。不停、不停點頭。

蛋包飯雖然冷了，但正如瑞希所說相當好吃，是種懷念的味道。母親煮的蛋包飯沒有這麼漂亮，即使如此還是令人懷念。

淚腺大概壞掉了吧，只要稍微鬆懈就會不停流淚。用手擦拭也趕不上流出來的速度，臉頰好癢。

「……我爸在妳辭職後不久，就因為心臟病發作倒下了。」

她淡淡開口說。

「讓我想著，啊啊，父母也不會永遠年輕，我得要好好振作才行。有種事到如今的感覺就是了。剛好那時公布了給約聘人員轉任正職員工考試的消息，所以我就對店長說我想要考，他回我『女人不行』，但我明明聽說是因為妳辭職了要補妳的位置耶。」

瑞希的淚水已經止住了。

「……妳父親還好嗎？啊，所以才會已經一陣子沒和家人來這家店了啊。」

她點點頭。

「還好，謝謝妳關心……我爸病倒時，我和店長說了之後請了幾天假，結果他對我說『女性要照護長輩之類的果然很不方便』，雖然我心想『為什麼只有女性啊，男性也做一下吧』，但是啊，只因為是女性就有很多煩惱的地方。」

瑞希停下手抬起頭。

「關於妳妹妹的事。」

她表情變得更加認真提起這個話題，梢子「是的」點點頭。

「妳知道嗎？……顧客中有妳妹妹的跟蹤狂。」

「不知道。」梢子搖搖頭。

「是從什麼時候開始？我還在時就開始了嗎？」

「不是，是妳結婚辭職之後。我想應該沒有很多人知道，因為只有短短一個月。」

瑞希搖搖頭。

「他被抓到了嗎？」

「沒有。」瑞希回答道。

「就我所知，應該沒有被抓到。而且話說回來，知道妳妹妹遇到跟蹤狂的，頂多只有店長和副店長吧。從某天開始，突然不讓妳妹妹到店面工作，都讓她待在後場，我還想著是為什麼呢。然後啊，我碰巧聽到妳妹妹和店長說話……店長剛好要她在跟蹤狂來店裡時，待在後場別出去。」

梢子的身體變得不知是冷還是熱，但她知道有一道汗水滑過背脊中央。突然想起英子說過的話——店員裡有知道梓沙曾經當過模特兒的人，如果顧客當中也有人發現這件事——梢子不禁身體一震。

「我要辭職的時候她已經又回去站結帳櫃檯，我想應該是解決了，所以完全不在意……但前陣子久違地接到井口小姐的聯絡，聽到妳妹妹從大樓屋頂上跌下來……那時候，我才想到跟蹤狂的事情。」

眼前浮現梓沙被人從屋頂推下來的畫面，梢子告訴自己這不是事實，只是自己的想像。

「……或許完全沒有關係，但我想著得讓妳知道才行。」

「謝謝妳，我完全不知道這件事，妳幫了大忙了……」

心跳劇烈狂跳到幾乎嘈雜，感覺自己正在靠近最糟糕的真相。

那天早上，妹妹傳訊息說有事情想找梢子商量，那該不會是想談跟蹤狂的事情吧？如果一度消失的那個男人又再度現身了……

梢子想要知道真相。

「我接下來要先去買點東西再回家，那就在這邊道別吧。」

瑞希在咖啡廳前如此說。

「今天真的很謝謝妳。」

梢子說完後，她搖搖頭。

「我才要謝謝妳。我最近一直都悶在家裡，讓我轉換心情了……我們彼此都一步一步慢慢走吧。」

這是一句很不像總是積極向前的瑞希會說的話，但比起說「加油」還讓人感到舒服。

「好，一步一步來。」

目送她搭手扶梯下樓離去，她沒像以前一樣急著往前走，但為了不讓自己氣喘吁吁，這樣或許比較好。

搭上公車回家，現在待在醫院的是父親，所以母親應該留在家中吧。思考要買什麼回家，就提早一站下車。

接著看見有位女性用全速從超市前面走過，梢子瞬間反應到「是我認識的人」。

「……菅原小姐！」

梢子大聲一喊，她轉過頭來，接著……

「志田小姐！我現在正好要去妳家耶！」

菅原壽美子一臉泫然欲泣的表情如此叫喊。

+

「對不起，完全沒有整理。」

梢子端茶擺在壽美子面前，臨時從梓沙房裡拿來的折疊桌子上有非常多細小的傷痕。

「不會，對不起喔，我突然跑來妳還讓我進來家裡。」

梢子在壽美子對面坐下，對慌亂的她說「請冷靜一點」。看見她這樣，讓梢子想起還在書店工作那時。壽美子是長年負責顧客訂單工作的兼職員工，總是相當忙碌，梢子還記得都會很不好意思喊她。

「我傳了好幾次訊息給梓沙，約她一起去喝下午茶，但她完全沒有回訊。打電話給她也沒開機，我很擔心，今天就跑去書店一趟，結果才聽說她從屋頂上跌下來，我擔心得坐立難安。」

她又重說了一次和剛剛相同的內容，這是她著急時的習慣。

梢子用力點頭接著問道。

「菅原小姐，妳和梓沙很要好嗎？」

她搖搖頭。

「是梓沙對我很好。在我打電話給顧客打不完而免費加班時，梓沙都會偷偷來幫我，在她也打卡下班之後。」

「是梓沙主動？」

梢子嚇了一大跳，沒想到那孩子竟然會主動開口、行動。

「就是啊，其他人都沒有人要幫忙，全當沒看見，所以我超級高興的。但正職員工發現我們兩個免費加班，還語帶諷刺問：『妳們就不能再機靈點嗎？』梓沙因為這樣好沮喪，讓我覺得很對不起她。」

壽美子又繼續說。

「我辭職時，換梓沙接手顧客訂單的工作。因為辭職那時很匆忙，我應該帶給她很大的麻煩，然後我們就交換了聯絡方法，要她如果有哪裡不懂，我辭職之後也可以打電話給我。只不過，我不希望她也免費加班，所以要她一定要去找正職員工商量。」

聽壽美子滔滔不絕地說話，梢子點點頭「原來如此」。

聽到和梓沙感情不錯的人是壽美子，梢子也能理解，因為她幾乎可說完全沒有惡意。

「梓沙現在還好嗎？我現在去醫院也見不到她對吧？」

「對，現在連家屬也只有在規定的時間才可以探病。」

「說得也是，嗯。」壽美子頻頻點頭，看起來是想要讓自己認同。梢子心想，她真的是個很好的人。

店長向大家報告梢子要結婚的事情那時也是如此，就在其他員工有點不知所措沉默不語時，只有壽美子一個人有表示。

——什麼～～！太棒了！恭喜妳！

完全不在意身邊的人，第一個說出衷心祝福。梢子和壽美子私底下完全沒往來，但在梢子離職那天，壽美子送了禮物當作餞別禮兼結婚賀禮。知道那天壽美子排休還特地來店裡時，都讓梢子反常地哭出來了。梢子覺得，壽美子是個跟太陽一樣的人。

如果是她，梓沙或許會對她坦白些什麼。

「……那個，我可以問妳一些事嗎？」

一開口後，壽美子倏地抬起頭。

「什麼事？梓沙的事情嗎？」

「對……請問那孩子最近有沒有煩惱什麼事情之類的呢？因為書店裡有人說她或許是自殺。」

說出口的瞬間，淚水突然湧出，淚腺已經壞掉了。

「自殺？絕不可能有那種事！」

她用著難以想像是會在首次造訪的他人家中發出的聲音大叫，否定。

——太令人意外了。

至少，梢子和家人認識的梓沙，是哪天突然消失也不奇怪，完全沒有生命力的孩子。

梢子腦中閃過一個想法，壽美子會這般全力否定，該不會有什麼理由吧？

「……請問妳能這麼斬釘截鐵說，是有什麼原因嗎？」

梢子一問，壽美子一瞬間別開眼。梢子確定了，壽美子知道些什麼。

「請告訴我，我想要知道她的事情。」

梢子定定看著壽美子的眼睛，她似乎猶豫著些什麼。

「……都現在這種情況了，我應該可以說吧。」

她輕聲說著，彷彿是在說服自己，接著開口。

「梓沙開始演舞台劇了。」

這超乎想像的回答，讓梢子不禁傻傻地「啊？」了一聲，但壽美子不在意地繼續說。

「她說因為她之前參與演出的電影的關係，對方主動來邀她。她說沒上班的時間都會去排練，很忙碌但很開心。」

梢子低語「我都不知道」，原來妹妹有了確實的樂趣了啊。

與之同時也得知妹妹休假時上哪去了，舞台劇排練。梢子想起八木在公民館前遇見梓沙的事情，她口中的排練該不會就是在公民館中進行吧。

梢子對梓沙有關係好的朋友感到安心，妹妹不是孤單一個人。但是，還有很多不明白。

——梓沙為什麼會從屋頂跌下來？

「妳可以在梓沙面前裝作不知道嗎？」

看見壽美子非常抱歉地如此說，梢子回問「咦？」

「她說她想要突然寄舞台劇的邀請函給姊姊，嚇姊姊一大跳，也說了要突然寄給以前的朋友嚇大家一跳。我昨天已經收到了，可能也已經寄到妳家了吧？」

「……寄給我？」

「嗯，她說她想要嚇妳一跳，然後讓妳開心。」

壽美子的笑容讓梢子有點不知所措，但她看起來完全不像在說謊。

回想起和坂本卓也之間的對話，他也曾說過啊，說梓沙在告訴他電影感想時，也有個驚喜要報告。該不會就是這件事吧？因為坂本毫不知情，或許是其他演員邀梓沙的？這並非不可能。

「所以她絕對不可能自殺，我向妳保證。」

聽到壽美子斬釘截鐵這麼說，梢子胸口頓時熱了起來，呼吸變得困難，她有意識地讓自己吐氣。

——她不可能會自殺。

——別擔心。

——梓沙看起來相當幸福喔。

梢子這才發現，她一直希望有人能對她這樣說。

壽美子不知所措地探看梢子的臉，摸摸她的背，想要安慰她。壽美子的舉動又讓梢子胸口一梗，哭了出來。

「我也會替她加油，希望她早日恢復意識的！好不好！」

「……好，謝謝妳。」

梢子第一次冒出了「或許會平安無事」的想法。

「突然上門真的很不好意思，打擾妳了。」

梢子和壽美子一起走到公車站。

她顧慮著梢子，刻意說些開朗的話題，像是除夕夜的紅白，跑到她鄰居家屋頂那隻會說話的烏鴉，還有辭掉書店工作後到和食餐具店裡的工作。

「菅原小姐，妳為什麼會辭掉書店的工作？」

梢子一問，她難得表情相當認真地沉思。

「嗯～雖然有很多理由……但大概是因為飯島小姐她們辭職的關係吧。」

梢子不懂這句話的意思，在她無法回應時，壽美子接著說道。

「我之前一直覺得，工作就是該一直做下去的事情，就算有什麼不順利也得忍耐，這就是工作。以為就算人際關係不好，因為是工作，所以得不抱怨繼續做事。」

「……我也是這樣想。」

梢子一說完，壽美子笑著。

「果然也是？但是啊，當我知道像飯島小姐那樣工作那麼久的人都辭職了，該怎麼說呢，有種得到『辭職也沒關係』許可的感覺。像飯島小姐那樣和店長還有副店長關係良好的人都辭職了，就覺得那不被當一回事的我辭職也無所謂吧？之類的感覺。」

梢子不知該如何回應。梢子也覺得壽美子不被當一回事，感覺正職員工中有「稍微嚴厲對待這個人也沒關係」的氛圍，仗著壽美子不會回嘴就如此做。

「啊，我沒有對此感到悲觀啦，不用勉強自己和不喜歡的人一起工作，可以在其他地方找到自己的容身之處，有一種視野因而擴展的感覺。而且啊……」

——我現在工作的職場的人都非常和善。

她說完後咧嘴一笑。梢子知道了，壽美子什麼都知道，且在知情的狀況下仍然樂觀向前邁進。

壽美子邊甩動包包，有點小跳步地走著。梢子提高速度跟在後面走，突然冒出「如果我有姊姊，大概是這種感覺吧」的想法。

看到只是晚上走在路上就看來十分開心的人，感覺能無條件地相信自己也沒有問題。

「謝謝妳送我到公車站來，妳能自己回家嗎？啊，那我送妳回家吧？開玩笑的啦。」

被說玩笑話的她影響，梢子也跟著「哈哈哈」大笑。

確認時刻表之後，下班公車來之前還有點時間，梢子原本想陪壽美子等公車，但壽美子說著「不用啦不用啦」半強迫趕梢子回家。

「那，改天見囉。」

和朝著自己揮手的壽美子，彷彿約好幾天後要見面般輕鬆道別。梢子又轉回頭看好幾次，但她已經在長椅上坐下，早已沒看梢子了，似乎戴上耳機在聽音樂。梢子根本沒問過她喜歡怎麼樣的音樂，如果聊過更多私人的事情，她和梢子的相處方法是否會更加不同呢？

不，她辭掉書店工作後看起來很幸福，這樣就好了。雖然感到有點不捨，但她現在的容身之處在其他地方，並非得一直待在同一個地方才行。

——這是希望。

梢子也學壽美子小跳步走路。明明以前可以輕易辦到，現在小腿和大腿會不自然使力。啊啊，好困難喔。梢子認真計較起來，決定要做到成功辦到為止。

如同飛越街燈與街燈間的距離跳步走，自然而然整理腦中思緒，感覺多餘的情緒掉落地面。

回到家之後要做的事。腦袋裡只剩下這些。

首先要傳訊息給坂本卓也，向他確認他有沒有收到梓沙的邀請函。因為想要確認妹妹所說的「驚喜報告」是不是就是指舞台劇。

接著要打電話給丈夫，問他東京的家裡有沒有收到邀請函。確認妹妹是不是真的想對自己報告這件事。

回到家門前時，梢子跟孩子一樣，小跳步順利得想要停下腳步都有點困難。她真想就這樣不停歇，一路抵達真相。

——梓沙為什麼會從屋頂上跌下來？

答案已經近在眼前了。梢子如此相信。

一月六日，下午一點半過後。

梢子搭上不曾搭過的路線的電車，去見不曾見過面的人。

這對保守的梢子來說相當困難，一早起床後就十分緊張。梢子回想起第一次單獨搭山手線時的事情，乘客數量和氣氛當然完全不同。但獨自前往不曾去過的地方這項行為本身，對梢子來說是件難事。

現在有手機，不管怎麼樣迷路，最後都能抵達終點。所以知道梢子是路痴的頂多只有丈夫，她想讓別人感覺自己能幹而隱瞞這件事。

只不過，因為不知道是否能真的抵達沒去過的地方，也不清楚會迷路多久，所以梢子比約好的時間要提早非常多出門。大多數的狀況下，梢子都會迷路到最後一刻才抵達，有時順利就會多出很多時間。但如果離開約定地點又可能因而迷路，所以梢子會用現在才剛抵達的表情靜靜待在原地等待。

但今天約好見面的對象說「我今天一整天都會在這邊，妳可以挑妳方便的時間過來」，梢子也就不客氣，含糊說了「那我大概下午過後去拜訪」。

梢子從包包中拿出手機點出一張照片。這是前天晚上，丈夫寄給她的照片。

前天晚上，和壽美子道別回到家，傳訊息給坂本之後打電話給丈夫，確認家裡有沒有收到邀請函。

丈夫正好從老家回到東京的家，告訴梢子在賀年明信片中混了一張舞台劇公演的廣告單。他在梢子提到這件事情前都沒發現，廣告單上空白的地方，用原子筆寫著「梓沙寄」。

——其他還有寫什麼嗎？

梢子一問，丈夫回答掛斷電話後再拍照傳給她。

——你後天開始上班，我早上要打電話給你嗎？

梢子提議後立刻感到後悔「啊，不小心說出來了」，或許聽起來像是在催促丈夫去上班，但丈夫卻回答「可以麻煩妳嗎？」

——沒有妳在身邊每天叫我起床，我真的提不起力氣來。

丈夫如此說。雖然他是笑著說的，但大概是真心話。

——我知道了，就交給我吧。

梢子說完後，丈夫回答「太好了」後掛斷電話。

梢子以為自己在不在都不會有太大影響，甚至覺得自己不在反而讓丈夫沒有負擔，但似乎並非如此。

掛斷電話後，丈夫立刻傳了附上廣告單照片的訊息給梢子。廣告單上印著「第二十二回舞台劇公演——山鳩四兄弟的緣廊——」的字樣，搭配四個男人或坐或躺在緣廊上的照片。右下角寫著「劇團　茶箱」，上方空白處有梓沙用原子筆寫下的字跡。

——給姊姊，絕對要來看喔。梓沙寄。

梢子並非不相信壽美子所說的話，但實際上看到這個之前都沒有真實感。

「……原來是真的。」

不禁脫口而出，這嚇了梢子一跳。

環伺四周，大概聲音不大，沒有人轉過頭看梢子。梢子把手機收回包包，閉上眼睛。電車的搖晃更增加了她的緊張感。

不管怎麼樣，得知妹妹似乎是這個劇團的成員之後，立刻和廣告單上的電子信箱取得聯繫。上面寫明自己是梓沙的姊姊，梓沙現在受傷住院，以及她想知道妹妹從事怎麼樣的活動，認識怎麼樣的人等事情。

前天晚上寄出後，昨天中午收到回信。

「我們聯繫不上梓沙，一直非常擔心。」

劇團團長前澤光太郎的回信中，充滿溫柔以及困惑。又往來聯絡幾次後，約好讓梢子到他們當作排練地點使用的廢棄小學聽他們說話。梢子疑惑「不是在公民館排練？」一問之下才知道有時會改變地點，她才稍微放心。

「如果妳找不到地方，請別客氣儘管打電話。」

前澤在最後一封訊息的最後這樣寫著，但不可以什麼事情全都仰賴他們。

梢子出車站後迷路好幾次，但走十幾分鐘就抵達小學了。木造建築相當有風情，在她思考著進去前是否該先聯絡對方時，有位男性從裡面走出來。身穿黑色長T搭配灰色休閒褲的他，完全無法想像是在深冬會有的打扮。

對方看見梢子，兩人視線對上，梢子僵住了。

「妳該不會是梓沙的姊姊吧？」

對方聲音洪亮。梢子點頭說「對」之後，他如此提議。

「我們現在正好進入休息時間，可以請妳陪我一起去吃午餐嗎？」

前澤說著「這附近有家好店呢」，帶梢子走進隨處可見的麥當勞街邊店。

「不好意思，我很缺錢。」

單點三個麥香雞堡後，他邊笑邊說，這豪爽的選擇嚇了梢子一跳。

「不會，很久沒吃，我也想吃了。」

梢子點了麥香魚套餐，接下商品後急忙走到前澤所在的座位。大概因為已經過了午餐時段，顧客沒有很多。

在他對面坐下後，他突然開口問。

「請問妳有和梓沙一起合照的照片嗎？」

「什麼？」

梢子不懂他為什麼這麼問，便回問。

「不好意思，我想還是確認一下身分，因為這是很私人的話題，所以我想要確認妳真的是她姊姊。」

雖然前澤一臉笑容，但稍微給人壓迫感。這卻不會讓人反感，反而讓梢子覺得他看似輕浮其實是很嚴謹的人。

「我沒有合照，但有她寄給我的廣告單的照片。」

梢子拿出手機讓前澤看照片。

「這是她的字跡，上面寫『給姊姊』……然後就是，我的健保卡上面也有寫我的本名。」

當梢子準備拿出皮夾時，前澤制止她。

「啊，不用啦、不用啦，我知道了。我是覺得妳應該是她姊姊沒錯，但為了慎重起見還是想確認而已。」

「為什麼會覺得沒錯？」

梢子手拿著皮夾問。

「哎呀，因為妳和梓沙長得很像啊，看到的瞬間我就知道了。」

「……真的很像嗎？」

梢子忍不住回問，他也「咦？」的一聲反問。

「因為很少人會說我們很像。」

梢子一笑，他說：「是這樣嗎？妳們很像喔。不是『哪邊』很像，但就算第一次見到妳們也會知道妳們是姊妹。」

「謝謝你。」

「但話說回來真的嚇我一跳，沒想到梓沙竟然住院了，難怪電話都打不通。」

他邊吃漢堡邊搔頭。

「她受傷那天早上有傳訊息給我，說有事情想找我商量，但我還沒聽她說，她就已經意識不清了。就在我尋找著有沒有人知道發生什麼事情時，得知她開始接觸舞台劇。」

梢子也打算要吃漢堡，但她喉嚨乾渴感覺無法吞下肚，所以換拿烏龍茶，含住吸管。

「……有事商量啊，會是什麼呢？」

他把剩下的漢堡塞進嘴裡後低語。

「請問一開始是前澤先生你先邀她參加劇團的嗎？」

「啊啊，對，就是這樣。我之前曾經和梓沙一起參與電影演出，就是坂本先生拍的獨立電影。」

梢子點點頭。

「梓沙大概才高中生左右吧，她當時只有參加一天拍攝，但我對她印象非常深刻。」

「印象深刻？」

他邊拆開第二個漢堡的包裝紙邊點頭。

「對，該怎麼說呢……該說是一種『人生已經全部結束了』的感覺吧？」

對前澤直接的說話方法感到畏懼，他是毫不客氣照實說出所看所想的人。

「啊，沒有奇怪的意思喔，該怎麼說呢……我覺得她好美，所以記得很清楚。」

「……是的。」

「但拍攝當時也沒有時間可以問她聯絡方法，結果就這樣結束了。如果去問坂本先生，應該是可以聯繫上她啦。」

他狼吞虎嚥地又解決掉一個漢堡。

「然後啊，大概五個月前吧，我偶然在書店看見她。」

「在店裡嗎？」

他點點頭。

「我去書店找書，就看見她站在櫃檯。嚇我一大跳，真的跟當初一樣，完全沒有變。我是個笨蛋，所以立刻覺得這是命中注定。我等她結完帳，就開口邀她，結果她對我說她對演戲沒興趣。但我無法放棄，常常跑去店裡找她，就被當作跟蹤狂看待了。」

他「啊哈哈哈」大笑，似乎沒有自覺引起很大的騷動。但得知瑞希提到的跟蹤狂騷動是指這件事，梢子也鬆了一口氣。

「那她又為什麼會加入劇團？」

「我跟她約好了，請她來看我們的舞台劇一次，看完之後還是沒有興趣，那我就不會繼續糾纏她。這招奏效，她似乎因此完全著迷了。」

梢子邊回應「原來是這樣啊」但仍舊無法理解，和她參與坂本的電影演出時是有哪裡不同呢？是哪一點如此吸引她呢？不去親眼觀賞舞台劇就無法理解嗎？

而且老實說，梢子對梓沙著迷於舞台劇這件事本身沒有太好的印象。她看過劇團的官方網站，成立於十五年前，也就是所謂的業餘劇團。講難聽一點，光靠這個無法填飽肚子吧？雖然梢子不清楚運作方法，但應該是支出大於收入的狀態。

「家人著迷於舞台劇，聽在妳耳中應該不會太開心吧。」

和話中內容相反，前澤滿臉笑容地說。

「沒、那個，不好意思。」

梢子不禁畏縮道歉。

「我已經很習慣這種反應了，聽到別人說『你都幾歲了還在追夢』、『也該長大了吧』已經是家常便飯了。」

前澤輕鬆說著，他看起來真的毫不在意。

「……我現在三十七歲，去年初，我失去了一個演戲的同伴。他五十二歲還單身。」

他打開第三個漢堡的包裝紙，張嘴打算咬下，但又停下動作放下手。

「他是其他劇團的人，我們因為坂本先生的電影認識。他還挺受到重視的喔，大學電影社團之類的也爭相邀約他演出。想要找到這個年齡的演員其實很困難，如果想找年輕人，只要拜託自己的朋友就好了嘛。」

梢子邊想著不知道他想要表達什麼，邊應和。

「然後呢，他雖然很忙，也是邊打工邊享受他的單身生活。去年元旦，他被發現陳屍在自己的公寓裡。是他的兄弟聯絡我的，我們大家一起去參加他的喪禮。」

梢子心想「真可憐」，接著在想像中，死在公寓裡的人換成了梓沙。要是元旦當天發現妹妹孤獨死在公寓裡，梢子肯定受不了，一瞬間想要梓沙別再演戲了。

「他哥啊，對我們說了：那傢伙是笨蛋，都幾歲了還說些孩子氣的話，太不幸了。然後我們就回嘴……你別擅自決定他幸不幸福！」

前澤沒有笑。

「至少在那一個月前我們還互相聯絡，跟傻子一樣聊演戲的事情啊，超開心的。喪禮時也有幾十個演戲的同伴聚集起來，他絕對不孤單。」

他張口咬下最後一個漢堡，笑著說「果然很好吃」。

「梓沙說了，被書店的人發現她以前拍過的照片，她很煩惱自己是不是沒辦法當個普通人。但我對她說，不當普通人也無所謂吧，就朝自己覺得開心的道路前進就好。」

前澤問「我這樣說是不是很不負責任？」梢子搖搖頭。梢子思考，自己是否有辦法選擇自己覺得開心的道路。

「……我聽到她墜樓的消息時，曾經想過她該不會是自殺吧，但在我到處去找人問話之後，開始覺得應該不是這麼一回事。前澤先生你怎麼想？」

他沒有沉默，立刻回應。

「那不可能。梓沙她預定最近要離開家裡。」

「什麼？」梢子回問後想起妹妹房間的模樣，房裡東西變得很少。自己不是也曾想過，她或許在其他地方有容身之處嗎？

「她計畫要和我們劇團的女生一起分租，還小心不讓她媽媽發現，一點一點把行李搬出來。她也說了很期待，所以她不可能會自殺。」

「請問那些女生今天有來排練嗎？」

「有，其中一個人有來。」

梢子低頭拜託「請讓我和她見一面」。

現在已經廢棄的其中一間教室，就是他們今天的排練地點。沒有課桌椅的教室看起來相當寬敞。

今天來排練的不到十個人，大家坐在地板上吃自己帶來的午餐。前澤喊了「沼野」後，一位短髮女性抬起頭來。

「梓沙的姊姊有事情想要問妳。」

她站起身，跑到站在門口的梢子身邊。

「梓沙還好嗎？我從前澤先生那裡聽到她住院了。」

「不好意思造成大家困擾了，那個，我聽說妳預定要跟我妹妹一起住，請問妳跟她很要好嗎？」

梢子一問，她笑著回答：「是她跟我們很要好。」

「請問分租是她提出的嗎？」

「對……雖然這樣說，我原本就和其他兩個女生，三個人一起住。但其中一個就業之後要搬家，然後我們就講到一個房間空出來了耶，接著梓沙就說她也想要離家生活。」

「原來是這樣啊。」梢子低語。沒想到梓沙會交朋友，還想要和朋友們一起生活。到幾天之前都還無法想像，但現在梢子也能接受「原來是這樣啊」。

那孩子變了呢。

梢子突然脫口說出這句話。

「變了？」

前澤回問後，梢子才發現她把話說出口了。

「對，和半年前我離家之前簡直不像同一個人。」

前澤和沼野面面相覷。

「我不知道在姊姊眼中，梓沙是怎麼樣的人，但從我一開始認識她，她就是相當溫柔和善的人喔，還會鼓勵我。」

沼野說道。

「她鼓勵妳？」

這離妹妹最遙遠的一句話讓梢子不禁回問。

「對。」她點點頭。

「她確實不是時時刻刻都很樂觀積極，她非常在意旁人怎麼看她，但是當我因為演技被批評而沮喪時，她就會拿小零食給我說『這個超級好吃的喔』。雖然不會再說更多，但那讓我很高興，因為我知道她不會勉強我說話，但她隨時做好準備聽我說話。」

「我到目前為止，可能從來不曾對那孩子抱怨，或是找她商量什麼事情。」

沼野說著「對了」跑進教室裡，看見她從收在櫃子裡的包包中拿出手機。

她走回來後說著「這個」，遞出手機給梢子。梢子接過一看，上面顯示一張照片，那是在類似會議室的地方拍下的團體照。

「這裡，梓沙就在這邊。」

沼野用拇指和食指放大照片，梓沙就坐在第一排的正中央。

——梓沙在笑。

梢子吞了吞口水。

「對吧？她看起來是不是很開心？」

「這張照片是？」

「去年年底排練時拍的，我想說不知道能不能用在劇團的社群帳號上。但有人說別用這張照片，所以實際上沒有放上網路就是了。」

「是誰說別用的啊？」

她說著「借我一下」接過手機，把照片稍微往旁邊移動，接著讓梢子看畫面。

「這個人，他不是劇團的人，是梓沙帶來的朋友。梓沙說他希望別把這張照片放上網路。」

在妹妹身邊，有個緊張地拉扯臉頰擠出笑容的男性。這是梢子不認識的人。

「他是梓沙的朋友嗎？」

梢子一問，她說著「這個嘛」，閉上眼睛試圖想要回想些什麼，接著朝在教室裡的男性喊。

「欸，之前梓沙帶來的那個人，她說是在哪裡認識的啊？」

男子說著「呃……我記得是……」站起身，接著說了……

梢子嚇了一大跳，還弄掉自己的包包。沒想到竟是這樣。

接著，全部事情都串連起來了。

——梓沙為什麼會去參加尾牙。

——梓沙是和誰一起去參加上映會。

——梓沙為什麼會從屋頂上跌下來。

全部都只是梢子的推測。

但如果她的推測正確，照片上的「他」，應該知道那天發生了什麼事情。不對，肯定除了梓沙之外，只有「他」知道真相。

——終於找到該找的人了。

梢子用力吐了一口氣。

——梓沙，根本沒有自殺。

快步衝進超市，把購物籃放上推車，隨手拿起鹹麵包和泡麵放進購物籃中。還拿了幾瓶茶以及幾罐酒精濃度比較高的罐裝氣泡酒，最後繞到便當那區。已經好幾天只吃泡麵和麵包了，想要吃點飯。店員正好在貼折價貼紙，就站在稍遠處盯著店員看。

聽見設置在門口附近的內用區傳來傍晚資訊節目的聲音，轉過頭去看，有幾個老人坐在椅子上看電視。聽到主持人開頭打招呼，今天似乎是一月六日。

元旦日落後，外出到附近超市買東西時有看見井口英子。那個瞬間全身冷汗直流，立刻衝進店裡。幸好她沒有發現自己，沒有追上來。

但外出行走果然非常危險，所以盡可能買了可以買的食物之後回飯店。接下來到今天為止都沒有外出，也拒絕客房打掃，只拜託替換了毛巾類的物品。

雖然這樣說，但也不能一直待在這邊。絕對會有極限。飯店人員肯定也會感到怪異，年底突然沒有預約就跑來連續住了好幾天的顧客，詭異得不得了啊。但是……

——我還不能死……到我確定之前，還不能死。

看店員貼完折價貼紙後，正想要踏出一步的那個瞬間，突然被人拍肩膀。

——那個瞬間，我覺得一切都結束了。

○第五章○

推她一把的是……

請沼野轉傳照片給自己後，梢子前往過去工作的書店。以前的工作夥伴絕對認識照片上的「他」。

和上次造訪時相比，顧客人數明顯減少。可以感受今天開始上班、上課，社會回歸日常生活的氛圍。

梢子看往結帳櫃檯想尋找自己認識的人時，那邊只有沒見過的店員。梢子快步走進書店裡。

在擺在文庫商品架後方的推車旁看見英子，她正在看新書的訂單。

「英子！」

梢子一喊她，她一臉驚訝地抬起頭。

「妳怎麼會突然來？」

「對不起，工作中打擾妳，我有件事情想要問妳。」

梢子點出剛剛沼野傳給她的照片，把「他」的臉放大。

「……妳認識這個人嗎？」

英子探頭看手機螢幕，接著皺起臉。

「……為什麼妳會有這傢伙的照片啊？」

梢子心想，果然沒猜錯。

「咦？是志田小姐，怎麼了嗎？」

香苗朝她們走過來，接著稍微看了一下畫面後低語。

「咦？這是東先生？」

「他的名字叫東嗎？」

梢子一問，香苗「嗯」點點頭。

「他是妳辭職之後，代替妳轉調過來的正職員工喔。」

劇團的男子說了。

——我記得好像是梓沙店裡的正職員工喔。

梢子確定了自己的推測沒有錯。

「他現在沒來上班對吧？是從尾牙的隔天就沒來了？」

梢子一問，香苗先說著「妳等等」，接著從圍裙口袋中拿出手冊來，翻了翻頁面後回答她。

「對，尾牙當天早上，他錯把顧客訂的雜誌拿到店面擺，結果被客訴了。顧客和店長都對他大發脾氣，隔天開始他就沒來上班了。因為我被交代要重新訂雜誌所以有寫起來，絕對沒錯。」

梢子這才理解，副店長之前說要去處理客訴就是指這件事，而書店的所有人都以為東是犯了錯才無故曠職，但梢子不這麼認為。

「他有去參加尾牙嗎？」

梢子問英子。「沒有。」英子搖搖頭。

「他沒有來，雖然遲了很久，但辦尾牙的同時也要辦他的歡迎會，但他連露個臉也沒有。」

她們聚在書店角落說話的模樣受到其他店員的關注，幾個半年前還一起工作的店員說著「怎麼了嗎？」也靠過來。

「我們在講東先生沒參加尾牙的事。」

英子感到有點麻煩地回答後，其中一個人小聲說道。

「其實我有看到東先生來耶。」

「沒有，他沒有來啊，所以店長才會那麼不高興。」

英子聲音有點尖銳，梢子制止她之後問。

「妳在哪裡看到的？」

「他沒有走進店裡，但我有在門口看到他。當時還沒有到預約時間，所以就在等店員準備好，但他不知道什麼時候就不見了。」
「妳有跟他說話嗎？」
梢子一問，她搖搖頭。
「我沒有跟他說話。」
「謝謝妳。」梢子輕輕點頭後問道。
「田中副店長今天有上班嗎？」
「嗯，有上班，我剛剛看到他去抽菸了。」
香苗如此對梢子說。
「我知道了，那我去一下。」
梢子想要離開時，英子走到她身邊。
「告訴我發生什麼事了。」
梢子稍微思考後回答。
「對不起，等我搞清楚之後再報告，絕對會說明白的。」
英子點頭說「我知道了」後留在店裡。
梢子急忙前往應該被田中當成休息地點用的天台吸菸區去，梢子先前不知道去那邊找過他幾次了。不只副店長，連店長也常常這樣跑出店裡來抽菸休息。以為他們在店裡而四處找人，都要花上一段時間才發現他們跑去抽菸。

走到天台，看見田中邊抽菸邊和一個年輕男生聊天，大概是新來的大學工讀生吧。梢子猶豫著要不要打擾他們，但田中先發現梢子，開口問：「怎麼了嗎？」

「突然跑來找你真的很不好意思，我有點事情想問，是關於東先生的事。」

雖然很直接，但除此之外也無話可說，梢子低頭拜託。此時男工讀生開口。

「東先生怎麼了嗎？」

他的反應讓梢子有點在意，便開口問道。

「發生什麼事了嗎？」

田中感到厭煩地扭曲表情，把香菸捻熄在菸灰缸。

「我之前不是提過嗎？那人因為被客訴就無故曠職了，但他說他剛剛在車站前看到東啦。」

梢子問男工讀生：「車站前的哪裡？」

「車站前的超市。我上完課之後想說要買個便當就繞去超市，然後看見東先生，我嚇了一跳就去喊他。因為我聽說他無故曠職，原本想跟他說大家都很擔心他，結果啊……」

他說到這邊，田中從旁插嘴。

「聽說一看到他就立刻跑出超市了。」

田中一臉疲憊地摘下眼鏡，用手掌遮住眼睛。

「老實說，感覺很不對勁耶，他丟下裝好東西的購物籃衝出超市，所以我也很在意。」

梢子相當著急，事態如她想像一般地發展中啊。

但田中根本不想聽，只丟下一句「算了啦，不用理他，我已經拿他沒辦法了」，走回店裡。

男工讀生大概覺得繼續跟田中說再多也沒用，只能呆站原地。他對著第一次見面的梢子小聲說：

「我覺得就這樣丟著東先生不管可能會發生很糟糕的事情，因為真的很不對勁……他可能會做出些什麼事。」

梢子問他。

「我可以拜託你一點事情嗎？」

他回答「可以」後看著梢子的反應。

✚

梢子邊打電話邊急忙趕往公車站，但電話沒人接，似乎有開機，鈴響沒有斷過。確認時間表，下一班公車要二十五分鐘後才會來，上一班才剛剛離開。梢子一咂舌，朝計程車招呼處跑過去。

「拜託你了。」

繼續邊打電話邊坐進計程車後座，告訴司機要去哪。

——這次絕對要救到。

梓沙橫躺在床上的蒼白臉頰浮現腦海。

鈴響轉變成引導語音留言的機械聲，梢子又重播一次電話，但只有鈴聲不間斷，沒人接起電話。

——拜託，千萬要趕上啊！

計程車停車後，梢子繼續打電話，抬頭看建築物。

——隱約感覺上面有什麼東西在動。

梢子急忙衝上樓梯，上氣不接下氣還嚐到鮮血的味道。這半年來缺乏運動的債，一口氣全反映在身體上了。

通往屋頂的門鎖是打開的。

調整好呼吸後推開門，可看見門縫那頭有人影。那人坐在圍繞屋頂邊緣設置的鐵絲網這一側，抱著頭俯視。他手中握著手機，可看見手機正小幅度震動。

天色尚未轉暗，下方已經傳來早已喝醉的上班族的聲音。

「……請問你是東先生嗎？」

梢子踏上屋頂如此搭話，嚇得抬起頭的那位男性站起身，握住鐵絲網一腳跨上去想要爬過去。

「等等！梓沙沒事！」

梢子忍不住大喊，絆住東的腳步。他驚訝地轉過頭看梢子。

「……真的嗎？」

他如此回問，右手緊緊抓住鐵絲網，腳也還踏在鐵絲網上。他看著梢子的眼睛布滿血絲，感覺根據梢子的回答，他會立刻爬上鐵絲網消失在闇夜的另一端。

「……她真的沒事嗎？」

他又再次顫抖著聲音問，祈禱般屏住呼吸看向梢子。東彷彿想要阻止臉頰抽搐般瞇起眼睛。

「真的！所以、所以……」

梢子不停點頭，思索著該說什麼。

「所以……雖然我不知道你發生了什麼事情，但拜託你千萬別死！」

「但是。」他欲言又止，緊抿雙唇。輕輕搖頭之後又再一次小聲說「但是」。

「我妹妹應該也說了同樣一句話吧？說希望你別尋死！」

東像是無可忍受地閉上眼，雙唇不停顫抖。

「那天早上，我妹傳訊息給我，她說有事情想找我商量，問可不可以打電話給我……但我拒絕了，然後就發生了那種事。所以，我一直覺得我妹是遇到會讓她想從屋頂上跳下去的痛苦事情。」

握住鐵絲網的手輕輕發抖。

「我很想知道我妹想跟我說什麼，所以去找了非常多人問話。一開始我還覺得，她果然就是我認識的那個軟弱女孩。但是，我逐漸得知她有我不知道的另外一面，然後我就想了，那孩子該不會是為了自己以外的人，而想要找我商量什麼吧。」

看見東的喉頭稍微顫動。

「……東先生，那孩子是不是為了想要救你，才會從屋頂上跌下去？」

東深吸了一口氣之後張開眼睛，放下踏在鐵絲網上的腳，轉過來面對梢子，用泫然欲泣的眼睛看著梢子說道。

「……如果是我跌下去就好了。」

「才沒那回事。」梢子搖搖頭。

「我妹想要幫你，所以才會約你去看電影，還帶你去參加舞台劇排練的，不是嗎？」

他皺起臉，努力忍住淚水輕輕點頭。

「……妳全部都知道了嗎？」

「不。」梢子如此回答東。

「我在調查梓沙的過程中得知你的事情，但是關於發生了什麼事情……是什麼把你逼入絕境，這些事情我都只能想像。」

梢子的視線沒從他的眼睛上別開，筆直注視著他，她想讓他知道「你不是一個人」。

「……可以說給我聽嗎？你發生什麼事了？」

他也沒從梢子身上別開視線，戒慎恐懼地、試探地看著梢子。

——這個人真的有辦法接納我嗎？

梢子感覺他正在如此試探自己。

「別擔心。」梢子輕語。

沉默一段時間後，「那家店……」東如此開口。

「……我轉調到那家店之後，一直沒辦法融入大家，但梓沙常常來找我說話，還帶我出門幫我轉換心情。」

梢子點點頭，鼓勵他繼續說下去。他低垂視線想著該怎麼說。

「……我確定要調職時，之前的店長對我說了，轉任正職員工之後，就不能只是賣書，得要思考整家店的狀況採取行動。我原本很有自信的，相信自己是因為被認為沒有問題才能轉任正職員工……但我聽說了，比我經驗豐富的人只是因為是女性，就連轉任正職員工的考試都不能參加。因為這樣，很多工作很久的店員都辭職了。」

梢子立刻搖搖頭。

「只要是工作，絕對會有人辭職也會有新人進來，這不能怪罪任何人。」

但東搖頭，「才沒這種事。」看著梢子。

「……只要沒有我，一切都能更順利。」

他努力擠出聲音說。

「我知道因為我去那家店而破壞了原有的平衡，比起我，店裡更需要那些辭職的店員。只要沒有我，一切都能更順利，大家都這樣想。一想到這，我的腦袋變得一片空白，原本做得到的事情全都做不好。愚蠢錯誤不停增加，每次犯錯都會有人冷冰冰看我，連我都覺得自己很沒用。越著急只是越來越失敗……但我又不能回去原本的地方，我不想要帶給推薦我的上司困擾，我不想要背叛在我好不容易轉任正職員工後終於安心的雙親。」

梢子只能點頭。

「尾牙當天，我又在工作上犯錯了。」

他緊抿雙唇，彷彿忍受著傷痛。

「……梓沙對我說她也會參加尾牙，所以要我不要擔心，但當我到了會場看見其他同事後，就覺得果然還是不行，我想要回家。正想要下樓梯時，看見其他同事走上樓梯。」

他輕聲說。

「我無處可逃。當我想著該怎麼辦，回頭一看居酒屋的方向，看見店員正在招呼同事進去店裡，我沒辦法回家，就這樣走上樓梯走到屋頂來。」

大樓底下傳來笑聲，梢子和東都不禁屏息等待聲音經過。

「……那天也像這樣，聽到感覺過得很幸福的人的聲音，大家都被誰所需要，就只有我，每個人都希望我消失。既然如此，那我就去死吧。如此一來，我明天也不需要勉強自己在店裡笑了。」

「但是……」東說到這閉上嘴。

「……梓沙來了？」

東點點頭。

「……我對她說『我這種人消失了最好，妳別管我！』但她為了要阻止我而爬上鐵絲網，想抓住我的手，但她不小心腳滑跌下去。我也想要死！但是……」

他嘆了一口氣。

「但是，我忘不了她對我說過的話！」

「梓沙說了什麼？」梢子看著他的臉。

「……她說『就算是沒用的人也可以活著！』」

說完後，他「哇」一聲哭了出來，他已經不試圖忍耐，雙膝無力跪地。梢子跑到他身邊抱住他，盡可能將他拉離鐵絲網。

臉頰冰冷，梢子也在不知何時哭出來了。梓沙那句話，肯定是她想對自己說的話。是想對一直悶在房間裡，沒辦法好好與社會連結的自己說出口的話。

「……雖然梓沙尚未恢復意識，但我認為她現在還是這樣想。如果她醒來時你不在了，她會很傷心。」

東抓住梢子的手，梢子也用力回應他。

不知何時，周遭已經轉暗，街燈開始點亮。

——刺眼的白日陽光中，蟬聲響徹周遭。

✚

下一個瞬間，天空染上紅霞，暮蟬開始「嘎吶嘎吶」鳴叫。接著，視線陷入黑暗，一時間陷入寂靜。

接著，下一秒掌聲響起，梢子也拚命拍手。

燈光再次照射在舞台上，演員們在輕快的音樂聲中回到舞台上。每位演員致詞一鞠躬都會響起歡聲，掌聲也越來越響亮。

在觀眾席亮燈要寫問卷時，才發現摺起來擺在腿上的大衣掉在地上。寫完感想抬起頭時，已有大半觀眾離席了。

走到大廳時，身穿工作人員外套的女性正在回收問卷和原子筆。邊說「我看得很開心」邊把東西交出去，對方精神飽滿地回應：「謝謝！」

開演前為接待櫃檯的地方，現在變成了販售商品的地方。剛剛還站在舞台上的演員們一字排開向觀眾打招呼，因為流汗而有點脫妝的他們臉上掛著神清氣爽的笑容。和他們站在舞台上時又是不同的表情，讓梢子覺得演員真厲害。

背後傳來喊她的聲音，梢子轉過頭，身穿工作人員外套的梓沙跑過來。雖然還沒拆掉繃帶，但她已經復原到穿著衣服看不出來有受傷了。

「姊！」

看見梓沙後，聽到四周出現「那個人是演員嗎？」、「不覺得超可愛的嗎？」的騷動聲。但梢子已經跟以往不同，不再感到痛楚，只是單純覺得好美而看呆了。

就在梢子想要把「非常有趣喔」的感想說出口前，梓沙先壓低音量說道。

「……那個，超級丟臉的耶。」

「什麼？什麼東西丟臉？」

梢子一問。

「……花啦，劇團的大家瘋狂嘲笑我耶。」

梓沙說完後別開眼。

梢子確實在受理入場時，拿了一個花籃給工作人員，現在那花籃就裝飾在販售商品的長桌上。

「又沒關係，大家笑妳什麼？」

梢子在花店店員的建議下，做了一個把黃色和橘色的非洲菊和玫瑰插在馬口鐵花盆中的花籃。

一開始原本只想要做個花束，但店員在對話中得知梢子是要祝賀舞台劇公演，便對她說：「那樣的話做成花籃比較好！做成花束的話，那邊沒有花瓶就沒辦法馬上裝飾起來啊。」

而這也是種人氣指標，所以店員還建議梢子加上名牌讓大家知道這是送給誰的花籃。看見名牌的人，會覺得這個演員受歡迎到有人送他花籃，如果被其他劇團的高層看見，可能會有客座演出的邀約，就可能擴展演員的活動範疇。

梢子邊佩服想著「原來如此」，也麻煩店員附上名牌。

但梓沙有點生氣地湊到梢子面前。

「第一次的舞台劇，而且還是幕後工作人員，送那一大盆花籃也太奇怪了吧，很明顯就是家人送的啊。大家在後台都一直嘲笑我，說妳姊到底有多愛妹妹啦……」

梓沙說到一半，像突然回神般轉過頭看商品販售區。梢子也跟著看過去，演員和工作人員都正咧嘴在笑梓沙。

「……要不要姊姊去打聲招呼？說我妹妹就萬事拜託大家照顧了。」

「絕對不要。」

看著梓沙一臉斬釘截鐵，讓梢子感到有點開心。太好了，還能再像這樣說話。

一月十日深夜，找到東的四天之後，梓沙恢復意識了。那是輪到梢子陪在醫院時，梢子聯絡父親，要父親和母親一起來醫院後去見梓沙。

梓沙的記憶似乎有點混亂，她一看見梢子立刻急忙道歉。

——對不起，妳那麼忙我還一大早傳訊息給妳。

她到底是在在意什麼啦，梢子不自覺哭出來。想要道歉的人明明是自己啊，卻讓妹妹先道歉了。

——我才要道歉，沒辦法打電話給妳，對不起。

哽咽著不停重複說著，梓沙相當驚訝。

「幹嘛？妳發什麼呆？」

梓沙一問，梢子說著「沒什麼」搖搖頭。

「早上東先生有來喔，昨天壽美子小姐也有來。」

梓沙彷彿想到了共同的話題，開口說道。

「這樣啊，太好了……東先生還好嗎？」

梢子一問，梓沙點頭。

「嗯，他說他要調回之前的分店去了。聽說一開始原本要用無故曠職的理由開除他，但田中副店長去向總公司協調，希望可以讓他留下來。」

「田中副店長？」梢子回問。

「嗯，聽說他對總公司抗議『說起來會發生這種事情，全是起因於公司輕視女性吧』，公司也以不可以將之前的事情外洩為條件，讓東先生留下來了。」

「原來如此。」梢子這樣說著也嚇了一跳，沒想到田中副店長會這樣做。似乎沒有一成不變的事情呢。

「……妳呢？還好嗎？」

梢子一問，梓沙點點頭。

「嗯，我已經沒事了，不管別人怎麼說，我都要做我想做的事情……在我對東先生說可以活著之後，我也覺得那自己也可以活著啊。」

梓沙有點害臊地頻頻點頭。

「……總之，妳下次如果要送花，等到我當主角時再送啦。」

說完後別開視線。

「好啦。」梢子也點點頭。

「梓沙，對不起！零錢是放在哪裡啊？」

其他工作人員喊著，梓沙回答：「來了！等我一下。」

「那我先回去了喔。」

梢子如此說道。

「嗯，謝謝妳來。再聯絡喔。」

梓沙說完後跑回工作人員身邊去。不知他們說了什麼，梓沙滿臉梢子不曾見過的笑容。妹妹真的找回自己的人生，且往前邁出一步了，這讓梢子滿心感動。

背對熱鬧的大廳走出戶外，和幾乎可說是炎熱的館內相比，讓人不禁畏縮的冷空氣讓梢子挺直背脊。

梓沙恢復意識的隔天，早上打電話叫丈夫起床後，向他報告「我今天會回家喔」，丈夫說了「那我盡量早點回家」。正如他所說，他在可以一起共進晚餐的時間回到家了。

那天兩人第一次在平日吃火鍋，說著「總之我就是喜歡柚子醋」的丈夫似乎變瘦了。

——你要辭職也沒有關係喔。

梢子說完後，丈夫停下手。

——如果很痛苦，辭職也沒有關係喔。

丈夫說了「不要」後低下頭。

——我會很不甘心，所以不要。

「但是，」梢子開口後又閉上嘴，想起丈夫睡前一杯酒和早上上班前的蒼白臉色，沒辦法說出「我知道了」。

——我該怎麼做才好？

梢子問。她想知道自己能做些什麼，丈夫希望她能做什麼。「……我希望妳……」丈夫抬起頭。

——我希望妳去做妳想要做的事，因為我只要看到妳那樣就會很開心。

——我想要做的事？

梢子回問，丈夫說了「對」後，拿起沾醬盤就口喝下了柚子醋，梢子發現丈夫現在很緊張。

——我。

梢子稍微思考後開口。

——我想要再去書店工作，然後想在書店裡看著直樹做的書賣出去。

丈夫有點驚訝地看著梢子，笑道：「那還真是讓我有底氣耶。」

梢子在那之後尋找書店的徵人啟事，下週開始要去書店工作了。說沒有不安是騙人的，但因為和丈夫有共同目標，肯定沒有問題。

——那麼，回我自己的家吧。

梢子穿上大衣，朝車站邁出腳步。

國家圖書館出版品預行編目資料

推她一把的是⋯ / 宮西真冬 著；林于楟 譯.--
初版.--臺北市：皇冠. 2023.6
面；公分. --（皇冠叢書；第5097種）
（大賞；148）
譯自：彼女の背中を押したのは

ISBN 978-957-33-4027-0 (平裝)

861.57　　112006962

皇冠叢書第5097種
大賞148

推她一把的是⋯

彼女の背中を押したのは

作　　者—宮西真冬
譯　　者—林于楟
發 行 人—平　雲
出版發行—皇冠文化出版有限公司
台北市敦化北路120巷50號
電話◎02-27168888
郵撥帳號◎15261516號
皇冠出版社(香港)有限公司
香港銅鑼灣道180號百樂商業中心
19字樓1903室
電話◎2529-1778　傳真◎2527-0904
總 編 輯—許婷婷
責任編輯—張懿祥
美術設計—嚴昱琳
行銷企劃—蕭采芹
著作完成日期—2022年
初版一刷日期—2023年6月

法律顧問—王惠光律師

讀者服務傳真專線◎02-27150507
電腦編號◎506148
ISBN◎978-957-33-4027-0
Printed in Taiwan
本書定價◎新台幣340元/港幣113元